# LE RÊVE DE DJAMILA

FATIHA BENATSOU

# LE RÊVE DE DJAMILA

ROBERT LAFFONT

ISBN 978-2-221-11128-4

# Introduction

Aïcha est née aux alentours de 1925, mais rien n'est sûr. Elle-même ne le savait pas, car son père avait déclaré sa naissance à la wilaya plusieurs années après sa naissance. Elle me disait avoir été mariée à l'âge de onze ou douze ans. Une année plus tard, elle a eu une fille, Djamila.

Aïcha et Djamila sont nées en Petite Kabylie, à Béjaïa, Begwa – Bougie, pour les Français, une ville magnifique, ouverte sur la mer, bordée de hautes montagnes d'un côté, par la vallée de la Soummam de l'autre.

Ma grand-mère et ma mère sont les héroïnes de mon livre. Autour d'elles, d'autres personnages : Yassina, Lala Zohra, Fatma... Toutes ont vécu ensemble, dans un bidonville de Seine-Saint-Denis, aux abords du canal de l'Ourcq, entre 1950 et 1974.

Raconter leur histoire, c'est faire entendre leurs voix. Elles ont connu le mariage précoce, l'enfermement, l'asservissement, la misère, l'exil... Aïcha *Kbalia*, la Kabyle, est l'emblème du courage. Petite, je n'aimais pas ma grand-mère, peut-être parce que je n'acceptais pas sa soumission. Mais un jour, après avoir courbé le dos sous le joug durant près de vingt ans, Aïcha s'est révoltée. Elle est sortie du bidonville ; elle a franchi la grille... La mort de sa fille, ma mère, a été le tournant de sa vie, le choc qui l'a fait se redresser, se révolter. Elle s'est battue pour ses droits. Elle porte en elle ce chant du refus, semblable aux esclaves qui chuchotaient des mélodies de liberté du fond des cales.

Ces images, celles de ma grand-mère, du bidonville, je croyais les avoir gommées de mes souvenirs. Mais les fantômes vous rattrapent un jour ou l'autre. Me voici face à elles, ces images glaciales, violentes, me voilà devant le miroir. Et je les affronte. Devant la feuille blanche, les souvenirs affluent, se mélangent, m'envahissent, mais les mots manquent. Je m'accroche, seule devant le clavier, je tape, je rate... Tant pis, continue, libère-toi, mes fantômes aimés vont me guider. Oui, ils me guident, doucement, et me soutiennent quand les larmes montent. Oui, c'est ça, j'écris avec les larmes. Il y a ceux qui écrivent avec des plumes, des stylos, moi, ce sont les larmes qui m'aident à former les mots les uns après les autres.

*Première partie*

# 1.

C'était une ferme abandonnée qui ressemblait à une vieille dame endormie. On se disait qu'elle avait dû être jolie. Une bâtisse de deux étages en brique qui donnait d'un côté sur une cour, de l'autre sur un grand terrain. J'imagine des poules, des vaches, des moutons et des chiens pour surveiller les troupeaux, des banlieusards venus s'approvisionner en lait, en légumes, en œufs. Pendant l'Occupation, ce devait être un îlot de prospérité.

Puis les fermiers s'en sont allés les uns après les autres et la ferme a été louée à un Parisien qui l'a transformée en hôtel-café-restaurant. Les étables, dont les murs étaient très hauts, ont été aménagées en chambres. C'était une bonne idée, ce petit coin de campagne à quelques minutes de Paris, pour les fins de semaine des ouvriers.

Tous ces gens, dans le bistrot, je sens leur présence.

Je les vois plongés dans leurs assiettes de bœuf bourguignon. Ils bougent lentement les yeux, comme des joueurs de cartes. Ils fument et boivent de la bière en songeant au temps qui passe. Chaque personne est une histoire, un poème. Ils sont là, accoudés au bar ou enfoncés dans leur chaise. Ils viennent perdre le temps. Ils viennent partager avec d'autres un peu d'ivresse et l'oubli des chagrins. Ils se baignent dans l'odeur du tabac, de l'alcool et du steak frites.

À ce moment-là, au lendemain de la guerre, l'ancienne ferme avait encore de la tenue. Elle restait forte et belle. Son tiroir-caisse comptait et recomptait. Jusqu'au jour où le Parisien s'est mis à tousser. Les clients se sont faits plus rares. L'argent a manqué. Le Parisien a disparu.

La ferme est restée inoccupée durant un long moment; plus personne n'en franchissait la grande grille. Elle s'est refermée sur elle-même, elle s'est laissée vieillir comme une femme qu'on ne regarde plus. C'était déjà une ruine quand Aïcha et Soliman sont arrivés. Je n'ai jamais connu les propriétaires de cette ferme. Mais je sais qu'un jour, après le départ du Parisien, le bâtiment a été loué à un Algérien. Il y avait une crise du logement, déjà. Les travailleurs émigrés ne trouvaient pas où loger. Il existait entre eux une forme de solidarité. On se donnait une adresse, on se regroupait.

Mes grands-parents, Aïcha et Soliman, ont été les premiers occupants du 100, rue des Grands-Chênes. Mais, très vite, d'autres familles immigrées sont venues poser leurs valises. Quand la place a manqué dans les bâtiments, sans rien demander à personne, des baraques ont été construites autour de la ferme, des habitations faites de tôles et de cartons. On y apercevait des gens assis par terre autour d'un verre de thé. Ils ne savaient pas qu'ils resteraient là pendant plus de vingt ans.

Soliman a décidé de relancer le café, qui a vite repris vie. Le poêle à charbon, au milieu de la salle, s'est remis à fumer. La clientèle avait changé ; les ouvriers immigrés avaient remplacé les ouvriers français. Mon grand-père y préparait des kémias et, une fois par semaine, mon père y cuisinait le couscous méchoui. Les clients avaient changé mais on y cherchait la même chose qu'autrefois : la chaleur, l'oubli, l'ivresse, la camaraderie.

L'âme de la vieille femme s'est abîmée, elle était si lasse. Elle aurait pu garder ses animaux et continuer à nourrir les banlieues alentour. Mais les temps avaient changé. Il fallait des ouvriers pour les usines automobiles, toujours plus d'ouvriers. La ferme était devenue un taudis, un de ceux qui ont fleuri dans la banlieue parisienne entre les années 1950 et 1970.

C'est là que je suis née, au 100, rue des Grands-Chênes, et c'est là que j'ai vécu mon enfance et mon adolescence.

Un grand bâtiment divisé en chambres, une cour centrale... Au fond, des baraques au toit de tôle ondulée et, sur le terrain, des cabanes collées les unes aux autres. Les latrines étaient derrière la maison, des toilettes communes, à la turque. De temps en temps, une plaque de tôle tombait à grand bruit sur le sol, un volet s'écroulait, arraché par le vent.

Pourtant, tout abîmée qu'elle était, la vieille femme revivait d'une autre manière. Entre les mains des étrangers, elle restait un lieu de vie, d'espoir et de désespoir. Des enfants aux têtes brunes couraient et riaient dans la cour. Dès l'aube, on chantait, on lavait, on frottait, on bavardait, on hurlait. Une bonne cinquantaine de familles s'étaient réunies dans ses murs. La vieille bâtisse ne pouvait pas s'en débarrasser ; elle les a faites siennes ; peut-être s'était-elle mise à les aimer.

Pour moi, le monde était ainsi fait, de morceaux posés sans ordre autour d'une cour fermée par une grande grille rouillée. Un escalier de pierre étroit montait aux pièces du premier étage. Dessous, un point d'eau où les femmes venaient remplir leurs seaux d'eau et laver le linge. L'image est en moi ; celle d'un grand flot d'eau sale qui creuse mes veines.

Les murs suintaient d'humidité et de moisissure. Les planchers craquaient et les cloisons des chambres, trop minces, laissaient passer tous les bruits. Elles étaient comme suspendues à des clous rouillés enfoncés dans les plafonds en bois pourris, rongés de traces grises. Les peintures étaient encore visibles par endroits, métamorphosées par l'abandon : rose moisi, gris noirci. Les cafards couraient partout. La poussière suintait par les fissures.

Je vivais là, dans une de ces chambres avec mes huit frères et sœurs. L'odeur est le premier souvenir qui me vient. Celle du charbon et du bois brûlé qui alourdissait les vêtements, celle des mères qui allaitaient les nourrissons, celle des maladies, les toux, les plaques de boutons sur les corps, celle de l'humidité des matelas installés pêle-mêle sur les sols froids. Pendant les averses, la cour inondée laissait remonter une odeur d'eau pourrie et d'urine venue de canalisations invisibles. Les litres d'eau de Javel déversés chaque semaine n'y pouvaient rien.

Les odeurs me rendaient malade. Je courais vers l'école pour les fuir. Je respirais un air pourri qui bloquait mon cerveau, mes poumons, et alourdissait mon cœur.

Quand je n'étais pas à l'école, je m'échappais dans le poirier.

Un grand arbre qui se dressait au bout du terrain, vestige du temps où la ferme était une mère nourricière, belle et féconde. Enraciné depuis de longues années, couvert de poussière, il donne chaque année des kilos de poires.

Assise sur une grosse branche, je gardais les yeux rivés hors du taudis. Je voyais de vraies maisons, de vrais jardins. Je m'envolais, je me sentais légère. Ma famille restait clouée au sol, prise au piège d'un trou plein d'eau gluante.

Je me disais parfois que l'âme de la vieille ferme nous rongeait, ma famille, moi. Qu'elle cherchait à se venger de n'avoir pu rester jeune et riche. Comme si elle avait lancé sur ces habitants pauvres une malédiction. Elle les retenait prisonniers derrière ces murs à patauger dans leurs souffrances. Alors j'appelais ma grand-mère pour qu'elle conjure *Salaens* de nous sortir de là.

Ma grand-mère Aïcha appelait ce lieu *Salaens*, mère protectrice en berbère. Elle ressentait une présence féminine disait-elle, un fantôme bienveillant qui restait là malgré la misère. Aïcha ne voulait pas que nous lui posions de questions sur *Salaens*, mais elle l'invoquait tous les matins dans ses prières. Elle nettoyait les murs et les sols et jetait une poignée de sel par la fenêtre pour chasser les mauvais esprits.

Aïcha, tu allumes une bougie et tu pries *Salaens*. Tu as amené de Kabylie ton enfance, ses ombres et ses angoisses. Tu as quitté les collines couvertes d'oliviers pour cette cour où il n'y pas d'espace, que des limites. Mais ton cœur est plein d'amour pour la France, tu respires pour que tes enfants y trouvent leur place, hors des murs du taudis.

Et si *Salaens* était non l'âme d'une vieille femme mais la tienne, qui te rassure quand tu es envahie de peurs ? Tu souris, tu ris sur un fond de terreur. Les murs sont remplis de bruits qui résonnent même dans la nuit. L'épouvantable se glisse dans *Salaens*, tu frémis et tu perds le goût au plaisir. *Salaens* a besoin de toi, de ton courage. Tu as tout pris sur toi, silence, tu te sens salie et tu as honte. Mais tu as le pouvoir de dire non. Réveille-toi et détache-toi de *Salaens*.

# 2.

La route est encore longue jusqu'au village des Aït Slimane. Elle s'étire sur les hauteurs de Béjaïa, sous le soleil de l'Algérie, sur cette terre silencieuse, muette, envahie d'oliviers et de figues de Barbarie. La route est longue, mais qu'importe. Marcher, Aïcha connaît. Elle s'arrête, elle pose son fagot de bois, éponge la sueur qui couvre son front et reprend son souffle. Elle a si soif. Elle s'accroupit, elle se penche sur la source ; elle boit quelques gorgées. Elle renoue son foulard, et la voilà repartie. Ses pieds nus, griffés, connaissent les pierres du chemin. Ils le font si souvent. Aïcha a des milliers de fois foulé ce chemin de ses petits pas d'enfant, avec son père, avec sa mère, et maintenant seule. Les pierres de son pays sont insensibles à sa fatigue. Elles semblent jouer avec elle, et ne perçoivent plus ses douleurs.

Parfois, il lui semble qu'elle entend le ciel gronder

et menacer les hommes de les punir. Parfois elle rêve que du sol va surgir *lasskel*, des soldats venus protéger la petite fille aux pieds nus. Elle s'arrête encore quelques instants pour reprendre son souffle dans ce pays qui la regarde sans la voir.

Aïcha a onze ans, un peu plus un peu moins, elle ne sait pas exactement. Elle est une femme. On vient de la marier à Soliman, son aîné d'un an. Son fagot sur le dos, elle marche vers la maison de sa belle-famille. La fête du mariage est passée ; Aïcha est maintenant la servante de sa belle-mère. C'est la tradition.

Assise sur le sol, une grande bassine entre les jambes, elle roule le couscous sous les regards de cette femme. Tu n'es pas assez rapide. Tu mets trop d'eau dans la semoule. Tu ne sais rien faire, *faisseur*, sois plus rapide… Les remontrances pleuvent, mais la petite épouse poursuit son travail sans un mot, de peur de se faire punir.

Aïcha ne voulait pas quitter sa mère. Mais sa mère n'a plus rien, depuis que son mari, le père de ses enfants, a disparu. Avec des pierres et des plaques de tôle récupérées, ses deux jeunes fils ont dressé pour elle un abri dans la forêt. C'est là qu'ils vivent, de la charité des autres. Même quand Aïcha, la chair de sa chair, la supplie de la ramener à la maison, elle la repousse et s'enfuit.

*Iles ohjelum*, fille du merle, hurlait Soliman à Aïcha.

Pendant des années, j'ai cru que ma grand-mère était la fille d'un merle. Je l'ai même raconté à mes camarades de classe, qui se moquaient de moi. Moi je le croyais, c'était dit par un adulte, cela ne pouvait qu'être vrai.

Ma mère me l'avait raconté ainsi.

Ton arrière-grand-père était un homme qui attrapait les merles. Un homme gentil. Il avait toujours un oiseau avec lui, comme d'autres ont un chien ; l'oiseau se tenait sur son épaule et sifflait. Il savait capturer les oiseaux, et il les vendait pour nourrir ses enfants. Il travaillait dans les champs, comme saisonnier. Mais le travail manquait. Pour avoir un peu plus d'argent, il vendait des merles. Il savait placer les pièges dans les arbres. Il attrapait les merles, mais lui disait que c'étaient les oiseaux qui venaient à lui.

Les oiseaux se posaient sur son bâton et sifflaient. Ils s'envolaient, mais ils revenaient dès qu'il les appelait. Les merles venaient chanter autour de sa cabane jusqu'au soir, puis ils repartaient dans les arbres. Il savait parler aux oiseaux. Dans la bouche de Soliman, c'était une insulte.

Lui, au moins, n'envoyait pas sa fille mendier sur les chemins, répondait Aïcha.

Mon arrière-grand-père allait dans les souks, et il se tenait là, debout, à jouer avec ses oiseaux. Il avait appris à Aïcha comment les reconnaître et comment leur parler.

Beaucoup pensaient qu'il était saint, puisqu'il parlait la langue des merles. Seul un prophète peut être ainsi, entouré d'oiseaux. Un homme qui marche entouré d'oiseaux ne peut qu'être bon. On venait demander sa bénédiction, l'embrasser sur la tête, l'inviter à venir manger chez soi. Et parfois on le suppliait de venir soigner un malade. Mais un jour mon arrière-grand-père est mort dans son sommeil et Aïcha a été mariée : sa mère ne pouvait plus la nourrir.

Aïcha, abandonnée de sa mère, roule le couscous, assise là dans cette pièce au milieu de tous et dans l'indifférence.

Ce village isolé. Ces maisons misérables. Des hommes se querellent pour des histoires de sources ou de terre. On n'y parle que de rivalités entre familles. Aïcha avait des prétendants, m'ont dit nos cousins. Son oncle paternel, en remplacement de son père mort, a accepté de la marier. Aïcha ne savait pas qu'on lui donnerait pour mari ce jeune garçon de douze ans au regard craintif. Elle ne savait pas que ce jeune garçon serait un jour son tortionnaire.

Aïcha est courbée sur le sol. Une grande toile est placée sous l'olivier, où sont tombés les fruits qu'elle est chargée de ramasser. Elle a treize ans, un peu plus un peu moins. C'est la cueillette des olives. Courbée, toute petite sous l'arbre majestueux, Aïcha ramasse un à un les fruits verts de ses doigts agiles. Elle a mal, tout à coup, mais elle continue, tête baissée, dos courbé, et les femmes qui l'entourent ne voient rien.

Quelque chose lui déchire le ventre. Elle tombe

sur la toile et hurle. Les femmes accourent et comprennent qu'Aïcha va accoucher. En quelques instants naît une petite fille à la peau claire, brune, aux cils longs et noirs. Un ange, *molaegue*, disait-on. Les femmes l'enveloppent dans un châle, la placent dans les bras de sa mère, au pied de l'arbre magnifique. Le bébé silencieux repose, trop faible pour crier. Aïcha lui chuchote son nom : Djamila, celui de sa grand-mère. Les femmes se sont assises et prient.

Un long moment plus tard, deux hommes arrivent avec une brouette pour emporter l'enfant et la mère vers la maison des beaux-parents. Le chemin est long. Aïcha est si faible ; ses lèvres sont sèches et la sueur inonde son front. L'homme qui pousse la brouette comprend qu'il doit se presser. Il hâte le pas et une brume légère fouette le visage de la jeune maman. Il prend au pas de course les chemins rocailleux, si vite qu'à plusieurs reprises la brouette manque de se retourner. Heureusement, l'homme est habile et attentif.

Une heure plus tard, le convoi arrive à la maison. Deux hommes aident Aïcha à marcher jusqu'à l'entrée de la pièce. La mère de son mari lui crie :

C'est une honte d'avoir accouché devant tout le monde ! Tu aurais pu attendre !

Elle vient prendre l'enfant et l'installe sur une peau de mouton, près du grand-père assis sur un tapis.

Une fille... Dans notre famille, les premiers-nés sont tous des garçons.

Elle soupire en prédisant que ses belles-sœurs vont se moquer d'elle.

Il fait chaud dans la pièce. Aïcha sent le sol se dérober sous elle, elle est comme entraînée loin de ce cauchemar qui ne la concerne pas. Le grand-père quitte son tapis et vient vers elle. Il lui dit :

Pardonne à cette femme, repose-toi, ma fille, ton enfant est beau et je lui souhaite une longue vie.

La mère d'Aïcha est venue ; elle tapote son épaule.

*Mbarouk*, ma fille, te voilà maman.

Aïcha caresse le bras de sa mère, mais celle-ci la repousse ; ses yeux noirs enfoncés expriment la gêne.

Repose-toi, maintenant.

Mais le visage ridé est plein de douceur et des larmes coulent le long de ses joues.

Soliman arrive à son tour. Il reste debout dans la chambre, sans oser regarder, embarrassé par les regards des femmes. Il est timide, c'est un père de quatorze ans. En entendant les youyous de sa tante, il rougit. Il a le visage maigre et pâle, le front bombé, les yeux bridés. Il est habillé d'une chemise rouge, d'un pantalon étroit et de souliers troués.

Dehors, les voisins se rassemblent dans la petite cour, on entend des bruits de joie, des voix fredonnent des chants. La fête commence… Les femmes battent les œufs dans une terrine, allument le feu pour faire le gâteau traditionnel aux œufs et au miel, cadeau de bienvenue à l'enfant qu'on offre aux voisins, avec du café. Aïcha souffre ; une femme s'approche d'elle et lui murmure de cesser de se plaindre. Les enfants et les femmes se mettent à genoux en demi-cercle autour de son matelas étroit. Les plus jeunes rient en contemplant le nouveau-né. Des bougies projettent une lueur oscillante. L'odeur de couscous imprègne la maison, venue de la cour où le repas est préparé.

À la tombée de la nuit, les femmes servent le repas aux hommes de la famille et aux voisins. Assis sur des peaux de mouton, le jeune père et un de ses frères passent les plateaux de couscous et remplissent les verres de café. On mange, on complimente la cuisinière, on remercie… À l'heure de partir, on rassure le père : la prochaine fois, ce sera un garçon. Djamila est née le 4 avril 1941.

Soliman est un optimiste, un nonchalant qui plaît aux filles. Il n'a pas de soucis. Son père possède un champ immense où poussent haricots verts, courgettes, tomates, poivrons, piments et menthe. Il a des poules, des moutons, des vaches. Sa mère vend les légumes, les œufs, le lait. Dans la famille, on ne craint pas la faim.

Mais une année, la pluie tombe tant et tant que le champ de légumes pourrit. Il faut vendre le bétail. L'argent manque. Aïcha a alors environ dix-huit ans, Djamila cinq. Elle a maintenant deux petits frères : Saïd, sourd et muet de quatre ans, et Akli âgé de trois ans à peine. Soliman n'a pas d'argent pour les nourrir ; quand les patrons des cafés où il a des dettes lui réclament leur dû, il court se cacher dans une grange.

Laissez-moi un peu de temps, je trouverai du travail.

En attendant, c'est à Aïcha de le nourrir. Avec Djamila, elle part sur les chemins de Kabylie mendier du pain auprès des passants. Parfois ses frères font passer à Soliman quelques pièces, et il s'exclame :

Je savais que je recevrais un don de Dieu !

Puis il va au café du village acheter de l'alcool.

Un jour, un de ses amis lui parle de la France – on trouve du travail en France, dit-il. En rentrant chez lui, il chuchote à Aïcha :

Nous allons quitter l'Algérie et partir à Paris.

Le lendemain, il se lève joyeux, se met à rire. Il se voit déjà dans le bateau pour Marseille. Aïcha en convient : il est temps de quitter ce pays qui ne les nourrit pas.

Mais la mère ne veut pas voir partir son fils. Elle se tape sur le ventre, la tête, elle crie, s'arrache les cheveux. Soliman la réconforte :

*Yemma*, je t'enverrai beaucoup d'argent, je te ferai venir en France. Là-bas, il y a du travail et tout est facile. Je construirai une grande maison avec des balcons à tous les étages. Tu dormiras dans un vrai lit, sur un matelas de laine. Tu auras des draps et des couvertures douces. L'argent, il y en aura beaucoup. En France, on gagne de l'argent. Je serai millionnaire, *yemma*.

Soliman est certain d'avoir devant lui un beau destin d'homme riche, mais c'est un illettré. Un peu fou, déjà.

Son cousin Larbi travaille en France. Quand Larbi revient chez lui pour ses congés, en Algérie, il raconte sa vie : il a un bon travail dans une imprimerie, il vit à l'hôtel, il mange à sa faim. La France est un pays de liberté, le pays du général de Gaulle. *Tamoulte alerein*, pays du paradis. Tous les enfants vont à l'école.

Larbi a envoyé l'argent du voyage, et, pour une fois, Soliman se retient d'aller le dépenser au café ; il achète les places de bateau, du pain et du lait. Aïcha rassemble ses quelques affaires et celles des enfants dans une valise en carton noir.

Nous reviendrons l'année prochaine avec plein d'argent. Nous vous apporterons des cadeaux, des jolies robes parisiennes, des chaussures, des savonnettes, *léaya*, du parfum...

Tout le village est là. Famille et amis sont venus souhaiter un bon voyage à la jeune famille. Les femmes ont fait des beignets, de la galette de blé noir, des *makrouts*, et des petites boîtes en papier journal remplies de confiserie pour Djamila. Même le vieux grand-père a tenu à leur donner quelque chose, des œufs de ses poules.

Quand ils montent dans la voiture d'Omar, l'épicier, Soliman cherche le regard de sa mère, mais elle n'a pas un geste pour lui, et les voilà partis. Sa mère les regarde s'éloigner. Elle a peur pour Djamila, la petite-fille. Elle a fini par aimer cette enfant qui lui ressemble. Elle sait que Soliman n'est pas l'homme qu'il faut pour ce voyage, qu'il est incapable de protéger sa famille. Elle soupire et elle espère qu'Aïcha sera forte pour deux.

Sur le bateau, il fait froid, mais Aïcha n'a pas emporté de vêtements chauds. Personne, à bord, n'a emporté de vêtements chauds. Tout le monde se plaint. Les enfants pleurent, allongés sur des banquettes. Le bateau grince, bouge. Seule Djamila est heureuse. Elle est dans les bras de sa mère, et les fossettes de ses joues se creusent tandis qu'elle sourit. Aïcha caresse les cheveux noirs de sa petite fille, et lui chante une berceuse. Djamila a neuf ans.

Soliman les regarde et serre près de lui ses deux fils. Je veillerai sur vous, pense-t-il. En France, il y aura des lits confortables, du bœuf, de l'agneau, des poulets, des pommes de terre, des pâtes et nous aurons une belle maison. Nous irons nous promener à Paris, voir la tour Eiffel.

Les quais sont encombrés de valises, de malles, de cartons, de bagages. Les gens passent et repassent, montent et descendent du bateau. On prend les bagages, on les charge dans des voitures, dans des taxis. Certains rient, d'autres crient. Aïcha frissonne. Une pluie fine tombe sur l'eau du port. Les mouettes volent en rase-mottes. Aïcha serre sa fille contre elle et ramasse son sac de voyage.

Voici le cousin Larbi, en voiture... Aïcha et Soliman sont emportés dans les rues de Marseille, dans le flot des camions, des motos, des foules qui courent – elles ne marchent pas, elles courent. La poussière recouvre tout.

Larbi parle sans cesse.

J'ai entendu dire qu'au village vous aviez construit une école ? Oui, répond Soliman, mais personne ne veut envoyer ses enfants à l'école. Les parents ont besoin d'eux pour cueillir les olives et traire les brebis. Pas en France, dit Larbi, tous les enfants vont à l'école, même chez les pauvres. Tes enfants aussi, iront. Il tire avec satisfaction sur sa cigarette et son parfum d'eau de Cologne tourne la tête d'Aïcha.

# 3.

Djamila n'est pas allée à l'école. Djamila n'est jamais sortie de la grande ferme en ruine, au numéro 100 de la rue des Grands Chênes : la seule adresse qu'elle a connue en France. Les chênes avaient été coupés depuis longtemps. À la place, il y avait des pavillons et au bout de l'impasse, *Salaens*, le taudis. Djamila est arrivée là aux alentours de l'année 1950 – personne ne se souvient de la date exacte – et elle y est restée enfermée. Elle n'est pas allée à l'école ; on l'a mariée quand elle avait à peine quinze ans, et je suis née quand elle avait seize ans. Ma grand-mère avait alors une trentaine d'années.

Aïcha et Djamila vivent dans deux pièces, au deuxième étage. Elles sont comme deux sœurs, elles font tout ensemble. Il y a sept enfants, maintenant.

Aïcha et Djamila n'aiment pas la nuit, parce qu'il fait froid et parce qu'elles redoutent d'écraser le bébé qui dort près d'elles. Tous les matins, elles allument la cuisinière à charbon. Djamila se brûle les doigts. Une fumée envahit la pièce. Puis il faut monter les seaux d'eau de la cour au deuxième étage. Laver la maison avec de l'eau de Javel, faire les repas, porter les enfants, coudre leurs chemises, leurs pantalons, rapiécer, ravauder, détricoter les vieux pulls et en retricoter la laine.

Aïcha et Djamila ne sortent jamais. Aucune femme ne sort jamais. C'est interdit. Les fenêtres qui donnent sur la rue sont recouvertes d'une pâte blanche pour éviter que les femmes ne voient la rue. La cour est fermée par une grille rouillée. Il y a dessus un cadenas et une chaîne, mais on ne les utilise pas. Ce n'est pas la peine. Les femmes ne sortent jamais. Pas besoin de les cadenasser ; l'interdiction est dans leur tête. On ne sort pas. *Taboulet tbela, toufera oulach, raled outefarenala, alam,* les femmes ne doivent pas sortir, jamais. Ces mots, je les ai tant entendus. Dans mes oreilles, ils grondent comme le tonnerre avant l'orage, menaçants. Ces mots, je les ai rejetés ; je les ai effacés de ma vie, mais ils restent nichés quelque part dans ma mémoire. Je les ai effacés au prix du déshonneur de la famille.

# 4.

Quand Djamila a eu quinze ans, on l'a mariée. C'était en 1956. Comme elle était trop jeune selon les lois françaises, rien n'a été dit, rien n'a été déclaré ; on a attendu qu'elle ait seize ans pour aller devant le maire.

Il n'y avait ni dot, ni famille, ni invités pour ce mariage. Soliman était si pauvre. Aïcha a cuisiné un couscous, voilà tout. En fin de soirée, Djamila a été conduite jusqu'à une autre chambre du bidonville, pas très loin de celle de ses parents. Abdelkader, mon père, avait vingt-trois ans de plus que ma mère. C'était un chic type. Il aimait la vie et racontait merveilleusement les histoires de son enfance. Il parlait des héros algériens et du général de Gaulle, qu'il admirait. Il nous vantait sa famille à longueur de journée. L'oncle Machin qui a réussi dans le commerce, le frère du cousin Truc qui a construit une belle maison.

La tante Chose qui n'avait que des garçons. J'ai appris plus tard qu'il était loin de la vérité. Orphelin, il avait surtout connu la faim et la misère, en Algérie. Peut-être voulait-il nous apprendre à être fiers des nôtres restés au bled.

Il aimait aussi nous dire qu'il avait trouvé le bonheur en France. Il avait été manutentionnaire dans une imprimerie, garçon de café, manœuvre dans les chantiers et puis ouvrier à l'usine de construction Babkook Atlantique à La Courneuve. Il faisait mine d'être heureux et toujours gai. Mais je lisais de la tristesse au fond de ses yeux. Il fuyait le malheur en se façonnant une carapace. Il parlait toujours d'une voix très forte, sans doute pour masquer ses peurs.

Il retrouvait ses cousins du bled dans les bistrots du XVIIIe arrondissement, à Paris, où il buvait du vin, fumait *chema*, une sorte de tabac. Ma mère faisait des prières pour demander à Dieu de lui pardonner.

Mon père était impressionné par les instituteurs. Il les considérait comme des êtres supérieurs, au point qu'il avait peur de les rencontrer, et même de les croiser dans la rue.

Ce sont des gens importants, ils ont le savoir, *noenkaren ;* il faut les respecter, disait-il.

Djamila a eu neuf enfants, quatre filles, cinq garçons, dont un mort à un an d'une méningite cérébrale. Toujours enceinte, toujours fatiguée.

Elle frotte le sol de notre pièce à la brosse et à l'eau de Javel, elle lave le linge à la main, elle prépare le pain, elle reste éveillée des nuits entières auprès d'un enfant souffrant. Aïcha lui dit : s'il est mal, c'est que le mauvais œil est entré dans la maison. Elle sait comment le chasser : elle place du gros sel dans sa main droite, qu'elle tourne au-dessus de la tête du petit malade dans le sens des aiguilles d'une montre tout en récitant à mi-voix des formules connues d'elle seule. Puis elle mesure avec un fil de lin l'écart entre le pouce et le majeur. Il y a toujours des centimètres de plus ou de moins. Le surplus, c'est le mauvais œil. Alors elle recommence jusqu'à ce qu'elle retrouve l'écart du départ. À la fin de l'opération, elle obtient un nombre de mesure sans écart. Le mauvais œil est parti, dit Aïcha.

Tous les ans ou presque, Djamila va à l'hôpital de Villepinte, elle y reste trois jours et rentre avec un nouveau bébé. Une année, je lui ai dit : demande au médecin quelque chose pour ne plus être enceinte. Elle a rougi, et m'a donné une paire de gifles. *Arham*, il est interdit dans notre religion qu'une femme prenne un médicament contre les naissances.

*Arham*, tout est interdit. Il ne faut pas siffler, cela fait venir les mauvais génies ; il est interdit de se couper les cheveux, cela produit des maladies ; il est interdit de boire le café debout, cela provoque des disputes ; il est interdit d'enjamber une personne assise, cela empêche de grandir ; il ne faut pas dire que les enfants sont en bonne santé, cela attire le mauvais sort sur eux… *Arham !* Interdit de prendre la pilule, c'est Dieu qui décide. Il pourvoit à tout, regarde : même l'insecte a de quoi manger, sur terre. Nous devons respecter la vie.

Mais, maman, il n'y a pas que de pouvoir manger qui compte. Tu te prives de tout, tu souffres, tu es fatiguée. Ma maîtresse est plus vieille que toi, et pourtant elle s'habille bien, elle voyage, elle fait du sport…

Djamila priait pour que sa fille ne soit pas punie pour ces mauvaises paroles.

## 5.

Le soir tombe en ce dimanche de fin décembre. Aïcha ne compte plus les saisons depuis qu'elle est arrivée en France.

Ce soir-là, elle entend des jurons dans la cour, et elle reconnaît la voix. Soliman est là, dehors. Il revient de chez Mme Doudoune, le bistrot du bout de la rue des Grands-Chênes, le seul du coin qui soit fréquenté par des Arabes. L'endroit n'est pas très reluisant, mais Doudoune – on l'appelle comme ça à cause de ses gros seins – accueille tout le monde sans poser de question du moment qu'elle peut boire un verre de bière avec ses clients. Les mauvaises langues disent qu'elle couche avec eux, mais, en tout cas, elle sait se faire respecter : quand les conversations tournent mal, elle n'a pas besoin d'aide pour jeter dehors le fauteur de troubles, qui ne revient pas s'y frotter. Dans la salle grise et sale, on boit, on joue aux dominos sur des tables bancales en Formica gris, on rit beaucoup et on passe des nuits entières à parler du pays. Soliman, lui, y passe toutes ses journées.

Un vent humide monte dans la maison. Les rugissements se rapprochent. Soliman entre dans la pièce. Un blouson de laine noire, une casquette à visière – ni gant ni écharpe, il n'en a pas besoin, l'alcool le réchauffe. Il y a du sang sur sa chemise blanche, il a dû se battre avec « ses potes », comme il dit, fier de citer leurs noms. Chaque début du mois, une fois qu'il a reçu l'argent des allocations familiales, Soliman va chez Doudoune offrir des tournées aux clients du bistrot puis il se paye des putains.

Aïcha se tient devant le fourneau où rien n'est à cuire. Ce sont les hommes qui font les courses et rapportent de quoi manger, puisque les femmes ne sortent jamais. Mais Soliman rentre les mains vides. Il s'assied et demande un couscous avec de l'agneau et des brochettes. Il n'y a rien à manger. Alors il se lève, marche sur Aïcha et tape. Encore et encore. Les enfants regardent, sans bouger.

Le cauchemar d'Aïcha a commencé.

Soliman était un alcoolique et un fou. Aujourd'hui, j'ai effacé de ma mémoire son visage. Quand je ferme les yeux, je le vois comme une masse de boue informe. Il était laid, il sentait mauvais. Il buvait en écoutant les chansons de Farid Elatrach sur un vieux tourne-disque ; puis il pleurait.

Soliman arrive. Femmes et enfants se bousculent pour se cacher. Un silence plein de peur s'installe au milieu d'eux. Le bourreau arrive, avec sa soif de violence. Il veut jouir, il veut dominer, il veut déchirer la chair, casser les os. Aïcha reste immobile et attend, les yeux écarquillés. Elle sait ce qui va se passer.

Je l'observais, je la voyais blêmir, rougir, terrifiée. Rares étaient les jours qu'elle passait sans violence. Cris, insultes, coups, brûlures de cigarettes sur les bras. Les souffrances de ma grand-mère étaient miennes. Elles sont entrées en moi, et je les garde.

Il y avait autour d'elle tant d'hommes et de femmes. Personne ne bougeait, chacun restait cloîtré dans sa pièce. Ils se taisaient. Ils refusaient de voir. Pourtant, au début, ils intervenaient pour protéger Aïcha ; ils sermonnaient Soliman. Puis, comme la situation ne s'arrangeait pas, ils ont appris à vivre avec.

Chaque soir, à l'arrivée de Soliman, le bidonville se figeait. On attendait, on craignait sa colère. La violence approche, la peur monte et envahit le corps de la tête aux pieds. Aïcha se met à trembler, les enfants pleurent. Plus d'une fois, j'ai cru que c'était la mort elle-même qui entrait, qu'elle tournait autour de ma grand-mère, autour de ses enfants.

Un jour, Mohand Mbouleha, un jeune homme nerveux, a tenté d'arrêter le bras. Soliman la frappait avec une planche de bois remplie de clous. Le sang giclait du corps de la femme au sol, qui hurlait. Mohand Mbouleha a arraché la planche de bois de la main de Soliman.

Tu ne te comportes pas en musulman, *maché Talekez*, tu n'es pas un homme, *alekazen aukassen alah leralete*, les hommes ne frappent pas les femmes, va dormir et laisse Aïcha tranquille. Cela finira mal, un jour tu la tueras et tu finiras tes jours en prison. Tu devrais avoir honte. *Maché chrelé*, ce ne sont pas tes affaires, et Soliman a montré les poings.

Un jour, une femme est venue qu'on disait sorcière, voyante, je ne sais plus. Elle a donné quelques feuilles de papier à ma grand-mère sur lesquelles elle avait écrit des versets du Coran. C'est bon pour ton époux, mets ces feuilles sous le lit, cela l'apaisera et il ne te battra plus. Mais rien n'a changé.

Les coups continuaient de pleuvoir sur le pauvre corps de ma grand-mère. Les hurlements d'Aïcha résonnaient jusque dans les moindres recoins. Les femmes s'accroupissaient dans la cour et plaignaient leur sœur. Quand les hurlements cessaient, on se demandait si elle était morte. Mais Aïcha se relevait, lentement, et allait se frictionner avec de l'alcool à 90°. Elle cachait ses bleus sous des pull-overs et des écharpes. Les marques restaient sur son corps durant plusieurs semaines, parfois durant plusieurs mois. Elle les cachait et se taisait. Elle ne quittait jamais ses pull-overs, même en été.

Aïcha entend Soliman approcher, et elle pleure. Silence, le fou arrive. Je l'appelle *amaboule*, le fou en kabyle. Quand j'entends ses pas dans la cour, je marche sur la pointe des pieds. Mais ce n'est pas moi qu'il cherche. C'est elle. Il lui demande de le servir, il trouve le repas trop salé, trop peu. Il se lève et la frappe au visage et, quand elle est à terre, sur le corps. Puis il se tourne vers ses enfants, et les frappe. Il attrape Zina, la plus jeune, qui a huit ans, il l'emmène dans les latrines, il urine sur elle et l'enferme des heures entières. Puis il s'écroule et tombe dans un sommeil sans fond, et alors, seulement alors, Aïcha ose aller délivrer Zina. Lui, il se réveillera en pleurant. On dit : Soliman ne sait pas ce qu'il fait, il est ensorcelé... C'est faux. Soliman sait très bien ce qu'il fait. Il titube, il s'affale face contre terre, chez lui, dans la cour, dans la rue.

On me répète : ne dis pas de mal de lui ! Moi, j'ai dix ans, mais je lui tiens tête. Il croit être un homme, *alekez*, homme en kabyle, c'est un *chetan*, un diable. Ma mère me dit : j'ai peur. Je lui réponds : il faut appeler la police, l'emmener à l'asile de fous. *Achouma*, quelle honte ! On n'appelle pas la police, on ne porte pas plainte contre un membre de sa famille, me répond-elle. Il faut bien faire quelque chose quand on a peur. Tais-toi, on ne parle pas comme cela de son grand-père. Ce n'est pas de sa faute, ton grand-père est envoûté. Il a connu des femmes qui lui ont fait de la sorcellerie. Ma mère prie, pleure, tremble.

Qu'est-ce qu'il a ? Je ne veux pas avoir peur. Si c'est de la sorcellerie, il faut l'exorciser. Tais-toi, ce ne sont pas tes affaires.

J'ai osé, un jour, prendre une craie et écrire sur la vitre d'une grande fenêtre qui donnait sur la rue. Son nom, et je disais qu'il était fou et méchant. Était-ce un appel de détresse ? Peine perdue, les passants ne regardaient jamais du côté du bidonville. La vitre était devenue mon journal. Je lui racontais les violences de Soliman.

Mais il m'a vue. Comme il était illettré, il a appelé un cousin capable de lui lire les textes. Il s'est approché de moi et il m'a giflée si fort que j'en ai été projetée contre le mur. J'étais sonnée. Il venait de me frapper pour la première fois, parce qu'il me prenait pour Aïcha. Mais j'ai redressé la tête et je l'ai regardé droit dans les yeux, et je l'ai insulté.

*Maché alekez*, tu n'es pas un homme.

Il a levé le bras pour me frapper encore. À cet instant, j'ai vu ma mère entrer, elle hurlait, elle a pris une chaise et a menacé de la lui jeter à la tête. Elle m'a crié de courir vers l'école. J'ai couru hors de la pièce, hors du bidonville, j'ai couru le long de la rue, loin. Je me suis installée sur un banc, et je regardais les gens passer. Les rues se sont vidées peu à peu, et j'ai commencé à m'ennuyer de ce vide. Il était dix heures du soir, j'avais froid et j'avais faim. Il faisait nuit, j'avais peur de rentrer. Mais il fallait bien rentrer. Une fois près de la grille rouillée, je me suis faufilée dans la cour et le long de l'escalier.

Ma mère est là qui m'attend, malade d'inquiétude.

Dieu merci, tu es rentrée !

# 6.

La cour était le centre du monde. Un territoire d'échanges. De nostalgie, aussi. À tour de rôle, jamais ensemble, les femmes et les hommes s'asseyaient dans la cour. Ils ne parlaient pas de l'usine ni du chantier. Ils parlaient du pays, de la famille. De leurs montagnes, du ciel bleu, des récoltes d'olives, de dattes. S'ils avaient appris à écrire, ils auraient pu décrire pour nous tous ces paysages et nous transmettre leurs émotions. Mais ils ne savaient pas.

Chaque matin, les hommes partaient travailler dans les chantiers ou sur les chaînes, dans les usines. Tous les jours, du lundi au samedi, ils partaient à six heures, parfois pour deux ou trois heures de trajet, et rentraient le soir tard, épuisés. Le dimanche, ils sortaient dans le quartier et se retrouvaient dans les cafés. Avant de rentrer, ils faisaient les courses. Ils rapportaient des sacs remplis de pommes de terre, de salade, de courgettes...

Les femmes allaient et venaient tout le jour entre la pièce où vivait leur famille et la cour. Au loin, de l'autre côté de la grille, il y avait la rue. Les femmes n'osaient même pas la regarder. Interdit. On leur avait dit de rester éloignées des mauvais chemins.

Ces femmes, je les ai vues repliées sur elles-mêmes, assises à terre sur une peau de mouton, la tête rentrée dans leur corps, enfouie dans leurs mains. Je pensais qu'elles réfléchissaient, qu'il ne fallait pas les déranger. Ces étrangères m'ont appris le silence, ce silence qui fait descendre au plus profond de votre être, vous apprend à entendre votre souffle, à sentir le sang couler dans vos veines, à plonger dans votre humanité. C'est une descente longue et douloureuse qu'on fait seul, sans corde, sans parachute, sans savoir comment on en reviendra. Je m'en veux, j'aurais dû les regarder et les écouter un peu plus, ces belles étrangères aux destins tragiques.

Je les comprenais mal. J'avais peur de voir leur visage rester scotché dans la paume de leurs mains. J'espérais qu'à force de se taire et de réfléchir, elles finiraient par trouver ce qu'elles cherchaient. Elles cherchaient leur âme. Elles espéraient y trouver un peu de lumière, juste assez pour avoir envie de continuer leur route. Elles voulaient dépasser les jours difficiles, échapper au présent, survivre. Facile à dire, mais si difficile à réaliser. J'espérais qu'elles rapporteraient de ces profondeurs le sourire et la chance, *baraka*.

Je les ai vues terribles comme des lionnes. Je les ai vues soumises comme des brebis. Entre soumission et violence, elles étaient fortes et tristes, capables de joie et de lâcheté. Elles vivaient devant une porte fermée. Il n'y avait pourtant pas de gardiens, ni de chaînes, ni de chiens. C'était une vieille grille en fer rouillée par le temps, qui fermait à peine. Elles auraient pu l'ouvrir, détruire cette porte et s'envoler comme des oiseaux. Pour aller où, vers qui ? Il y avait les enfants, il y avait la tradition. Ce qui se faisait, ce qui ne se faisait pas, *machimeleh*, c'est un déshonneur.

Quand je repense à ce bidonville, qui n'existe plus aujourd'hui, j'ai du mal à croire que nous ayons pu y vivre si longtemps. Le lieu m'apparaît irréel, forteresse en ruine suspendue hors du temps. Il n'était même pas indiqué sur les plans de la mairie. Les habitants en étaient invisibles. Je l'imagine en cité secrète… Les hommes sont les gardiens. Les femmes sont cachées. Entre eux, il n'est pas question d'amour, mais de famille, de tradition, d'obligation. Est-ce qu'ils se connaissent ? Ils se sont découverts dans le lit nuptial. C'est l'ignorance qui tient ce lieu debout. Les femmes ne se plaignent pas, ne demandent rien, cela ne se fait pas. Elles ne savent même pas qu'il existe une autre façon de vivre, de l'autre côté de la grille. Elles ne peuvent même pas s'évader par l'esprit – elles sont trop peu instruites. Elles ignorent les autres, elles ignorent le monde. Sont-elles en France, sont-elles ailleurs ? Elles ne possèdent que leurs enfants et leurs souvenirs.

Aïcha et Djamila ont vécu enfermées dans ce bidonville durant de longues années, dix ans, vingt ans. Elles n'en sortaient que pour accoucher. L'ambulance venait les chercher. Elles partaient, le visage crispé et le ventre lourd, avec une petite valise rouge qui contenait les vêtements du bébé. Des vêtements déjà utilisés, recousus, des langes transformés en pyjamas. Elles ne sortaient que pour accoucher.

Presque, pas tout à fait. Parfois, par extraordinaire, il leur est arrivé de franchir la grille. C'est toute l'histoire de ce livre.

## 7.

C'était en 1960. En pleine guerre d'Algérie. Mes grands-parents étaient en France depuis une dizaine d'années.

Aïcha ! Elle ne connaît pas cette voix. Qui peut l'interpeller depuis cette foule anonyme qui se bouscule dans les rues de Paris ? Elle ne connaît pas cette voix, elle ne reconnaît pas ce visage.

Je suis Saïd, le cousin de Soliman. Comment va-t-il ? On m'a dit qu'il était patron d'un café. Comment ça va ? *Ameh telem ?* Il y a des années que vous ne donnez plus de vos nouvelles au bled. La mère de Soliman est malade. On a cru qu'elle allait mourir. Il doit lui donner des nouvelles et s'il pouvait lui envoyer un peu d'argent pour le toubib.

Aïcha raconte. Soliman est en Algérie. La police a

dit que nous sommes des fellagas. Ils sont venus l'arrêter, ils l'ont emmené à la prison de Marseille, aux Baumettes et puis ils l'ont expulsé du territoire français. Il est dans une prison en Algérie, mais je ne connais pas le nom. Je ne sais pas si, un jour, il pourra revenir. J'attends ici, j'ai rouvert le café avec ma fille Djamila, pour donner à manger aux enfants. Son mari, Abdelkader, a été aussi arrêté et expulsé.

Et toi, tu restes seule, ici ?

Il m'a fait dire par un prisonnier qui a été libéré de revenir en Algérie avec les enfants. Mais je ne remettrai plus les pieds sur cette terre. La vie, tu le sais, était difficile. L'Algérie est un beau pays, mais j'ai envie de vivre ici. On dit que c'est le plus beau pays du monde. Mais, moi, j'ai connu les injustices, la faim et le froid. Je n'oublie pas qui je suis et je respecte mes traditions. Ça finira peut-être mal pour moi et les enfants, je ne sais pas. Mais je ne veux pas partir. Je crois que Soliman est mieux là-bas. Pardonne-moi, Saïd, pardonne-moi, mon frère, ne dis à personne que tu m'as vue à Paris. Ce sera *lehachouma*, la honte pour moi. Pardonne-moi de t'importuner avec mes histoires. Oublie que tu m'as vue et ne dis rien à personne, surtout pas à Soliman, si tu le vois...

Saïd prend la main d'Aïcha et lui jure de ne jamais en parler à personne.

Soliman est resté en Algérie quatre années, de 1960 à 1964.

Ces années-là, la vie a bien changé pour Aïcha. La

guerre d'Algérie a tout bouleversé. Le gouvernement français, dit-on, arrête les Algériens, et beaucoup sont partis, expulsés. En ces temps difficiles, on ne pense même plus à prier, cela ne compte pas vraiment. Pour les femmes, la vie est dure, mais, en même temps, les traditions comptent moins, on fait moins attention à elles.

À six heures le matin, Aïcha ouvre le bistrot, celui que tenait Soliman, il y a longtemps, dans le taudis lui-même. Aussitôt, elle se met à cuisiner les repas. Au début, c'est Mohand, un ouvrier algérien, qui lui fait les courses, et Djamila fait le pain et les gâteaux. Aïcha se découvre une bonne commerçante, et une bonne gestionnaire – pas besoin d'être allé à l'école pour savoir compter. Elle reste jolie, malgré les enfants et les nuits trop courtes ; les clients l'aiment bien : elle fait crédit, et c'est une femme sérieuse. Elle parle très mal le français, peu importe, ses clients sont tous des Kabyles ou presque.

Et puis, un jour, Aïcha a franchi la grille.

Il n'y avait plus rien pour faire les repas. Il fallait des vivres, il fallait aller dans les épiceries, passer des commandes. Elle n'a rien demandé à personne et elle a osé sortir dans la rue, dans la ville ; elle a trouvé le marché toute seule, elle a fait ses courses, et quand elle est revenue, personne ne lui a rien dit. La guerre d'Algérie avait tout bouleversé.

J'aurais aimé la voir, à cette époque, mais j'étais trop jeune. Elle est en robe claire, elle traverse le boulevard, elle entre dans les magasins, elle donne un ordre, elle sourit, elle rit, puis elle s'en retourne chez elle chargée de cabas. Le soir, elle sert les repas, dans le bistrot. C'est un travail difficile, mais Aïcha est fière, et ses clients la respectent. On l'appelle *ta patronte*, la Patronne, pour l'honorer.

*Areloum*, c'est pour le pain des enfants que je travaille. C'est le mot qu'elle utilisait pour se justifier auprès des hommes.

Il y avait foule dans le bistrot d'Aïcha et de Djamila. Elles avaient belle allure, les patronnes. On ne reconnaissait plus en elles les femmes qu'elles avaient été. Elles se tenaient droites, dignes, fortes, elles ne craignaient personne, et personne n'aurait osé leur manquer de respect. Sans le savoir, ce sont les héritières des guerrières des temps anciens, les héritières de la Kahina, la princesse berbère des tribus guerrières.

Pourquoi ne pas oublier ton mari, Aïcha ? Pourquoi continuais-tu à lui écrire, à lui envoyer des colis ? Ce fou lui a fait tant de mal. Mais non, elle voit encore en lui son époux. Le temps est chaud, elle est épuisée, mais elle grimpe les escaliers de la poste et dépose sur le comptoir un carton plein de nourriture. Un colis pour mon mari, un colis payé avec l'argent que j'ai gagné. Aïcha repart d'un pas léger en priant Dieu que Soliman revienne. Qui peut la comprendre ?

Quatre années ont passé ainsi. Puis, un jour, Aïcha a reçu une lettre. Mais elle ne savait pas lire.

Elle l'a montrée à Mme Simon, une dame qui vivait de l'autre côté de la rue, qui lui a lue. Il y était écrit que Soliman arriverait à Orly à telle date, telle heure. Il lui demandait de venir le chercher.

Aïcha a eu un cri, je ne sais pas si c'était de joie ou de peur ou les deux ensemble. Dans l'après-midi, elle a emmené les enfants en promenade, laissant Djamila s'occuper du bistrot. Elle a flâné jusqu'au jardin public, et regardé les familles autour d'elle acheter des cornets de glace. Elle a pensé à Soliman... Il a changé, bien sûr ; il a connu la prison, et il est heureux de revoir sa famille. Il sera fier de trouver la maison en ordre, ses enfants bien nourris, nous pourrons travailler ensemble. Aïcha regarde le soleil se coucher, la lune monter. Le ciel est rempli d'étoiles de toutes les tailles. Aïcha sourit, le visage frais et soudain apaisé : tout a changé, une autre vie commence.

Tout ira bien, maintenant. Elle a prononcé les mots à voix haute, sans s'en rendre compte.

Un voisin emmène Aïcha à l'aéroport en voiture. Elle l'attend dans le hall, devant la porte d'où sortent des passagers en provenance d'Alger. Le voilà, il arrive. Soudain, Aïcha sent ses jambes se dérober sous elle. Soliman est là, avec une femme, une petite fille à la main, un bébé dans les bras.

Soliman a pris une deuxième épouse, il a deux nouveaux enfants. Aïcha a un geste de recul, une réaction de colère, mais Soliman ne la laisse pas ouvrir la bouche.

Il paraît que tu es serveuse ? Quelle honte !

Je voudrais te dire que les enfants vont bien et que le café est toujours plein de clients.

Tais-toi.

Il ne veut pas qu'elle parle. Elle pourrait le planter là, repartir sans lui. Elle sait comment nourrir ses enfants. Mais cela ne se fait pas. Personne ne comprendrait. Et cette inconnue qui l'observe avec surprise. Qui n'ose rien dire, elle non plus. *Lequedoube*, mensonges, Soliman a menti à ses deux femmes. Et leur vie bascule ; elles sont là, face à face, elles qui ne se connaissaient pas l'instant d'avant, liées par cet homme qui leur a menti.

Cette maison est la mienne, et tu feras ce que je te dis. On m'a dit que tu voulais partir ? Tu voulais te prostituer ? Tu voulais mendier ? Tu oublies que je suis un homme, que tu es ma femme jusqu'à la mort. Tu dois être punie.

L'histoire recommence. Rien n'a changé, finalement, sauf qu'Aïcha s'occupe, en plus de ses six enfants, de Saïda la seconde épouse et de ses deux enfants. Pendant quatre ans, Aïcha a vécu une autre vie, la vie d'une autre. Elle doit l'oublier.

Oublier qu'elle a été une commerçante, qu'elle a eu de l'influence et de l'autorité. Le café est bien agencé. Elle y a fait faire des travaux, des aménagements. Soliman est jaloux d'elle, il doit l'humilier pour oublier qu'il n'a rien réussi.

Aïcha marche tête baissée, c'est l'usage ; les femmes ne doivent pas regarder les hommes dans les yeux.

Son visage rentre dans le sol, j'ai l'impression qu'elle va disparaître. Je croise ses yeux, ils sont exorbités.

Soliman nous saoule de sa supériorité, des obligations des femmes envers leurs maris. Pauvre diable, qu'en sais-tu, toi l'ignorant ? Dans quels livres as-tu lu cela ? Moi je le sais, l'égalité entre les hommes et les femmes est un précepte du Coran. Le destin des femmes ne dépend pas de celui des hommes. J'aurais voulu t'entendre, Aïcha, défendre ta vie, défendre ta dignité, toi la guerrière, la grande dame. Mais elle retourne au silence, pâle de terreur. Seuls ses yeux sont pleins de colère, mais elle les baisse vers le sol. Je sais pourquoi : tu manques de mots, c'est ta seule faiblesse, tu ne sais pas toute cette histoire que je raconte, tu n'as pas été à l'école… Tu as dû chercher les mots dans ta tête, mais tu ne les as pas trouvés.

Je te revois le visage tuméfié, les bras couverts de blessures. Tu marchais avec difficulté, vêtue d'une djellaba orange. Je te voyais grelotter, seul ton regard défiait ton bourreau, criait ta haine. Tu faisais face, mais tu marchais le regard baissé vers le sol. Et je te détestais encore plus pour cela. Pourquoi ?

# *Deuxième partie*

## 1.

On apercevait les toitures de loin. Puis, en se rapprochant, les cabanes en tôle et plaques agglomérées de carton. Nous vivions là de plus en plus nombreux. Des cris, toujours des cris. Je restais des heures dans un coin, pas trop loin de la grille, à regarder les gens descendre ou remonter la rue. Je cherchais les regards, mais aucun ne me voyait. Personne ne jetait même un coup d'œil sur le numéro 100. Nous étions là sans être vus.

Je pensais que c'était un endroit où purger une faute, une prison. Les hommes étaient à la fois les gardiens et des condamnés en semi-liberté, les femmes étaient au secret. Il n'y avait pas de visites, dans cette prison, en tout cas pas de visites volontaires.

Le docteur Roger venait.

Rarement, car il fallait le payer – je crois bien que, pendant longtemps, les habitants du taudis n'ont pas su ce qu'était la Sécurité sociale, et comment auraient-ils rempli une feuille de maladie ? On se soignait avec de l'aspirine et des prières. L'hôpital était le dernier recours, l'antichambre de la mort.

De temps en temps, pourtant, on appelait le docteur Roger ; il venait soigner une bronchite, surveiller une blessure, et laissait quelques médicaments gratuits aux parents. C'était un grand homme obèse, au crâne dégarni, qui souriait tout le temps. Il avait des gestes doux pour les enfants, des mots gentils. Je reparlerai du docteur Roger.

Visiteur plus régulier, l'agent payeur envoyé par la caisse des allocations familiales. Il venait une fois par mois, à vélo. Il arrivait essoufflé, transpirant, il était si gros ! Il poussait son vélo jusque dans la cour. Les femmes l'invitaient à prendre un verre d'eau.

Le facteur, lui, venait tous les matins, à dix heures. Avec ses sacoches de cuir marron sur le dos, il avait l'air d'un cow-boy. Il franchissait la grille en sifflotant et remettait les courriers, famille après famille.

Le curé venait de temps en temps ; il parlait aux uns aux autres, caressait la tête des enfants... sans doute en quête d'une âme à gagner. Mais il n'y en avait pas. Les traditions étaient un rempart trop solide pour lui ; il n'y pouvait ouvrir aucune brèche.

La police aussi venait de temps en temps. Elle faisait des contrôles d'identité, posait des questions. Pour traduire les conversations qu'elle ne comprenait pas, elle s'adressait aux adolescents, qui allaient à l'école. Il arrivait que la voiture de la police stationne des jours et des nuits devant la grille. Personne ne s'inquiétait d'elle. Un jour, le ballon de mon frère Djamel a atterri en dehors du taudis, sur la fenêtre de cuisine d'une voisine. La vitre a éclaté en mille morceaux. Rentrez chez vous, a crié cette femme, allez-vous-en, vous nous avez chassés, alors repartez chez vous. C'était où, chez nous ? Nous vivions là, dans le taudis, c'était là, notre maison. Tout de suite, la police est arrivée. J'ai cru qu'elle allait embarquer mon frère, mais non. Nous avons essuyé quelques hurlements et des menaces d'agents de police un peu excités...

Personne ne franchissait les grilles du 100, rue des Grands-Chênes, volontairement, sauf un homme. Pépé venait nous voir. Il était le seul à venir par plaisir, le seul qui osait.

## 2.

Voilà une semaine que Djamila est mariée. Ce jour-là, elle est tout excitée. Abdelkader va l'emmener dehors. Elle peut puisque c'est son mari qui l'invite à le faire.

Que vais-je me mettre pour sortir ? Je n'ai rien d'assez beau ! Il sourit en la regardant vider sa valise. C'est vrai : la petite femme de quinze ans n'a que des robes longues, des cotonnades de couleur qu'elle a elle-même cousues. Abdelkader lui tend un paquet. Il a acheté tout ça pour elle : une jupe plissée bleue, un chemisier blanc et des chaussures noires à talon. Elle est comme une enfant devant une surprise.

Elle passe ses beaux vêtements. Mais elle se trouve laide, et elle a peur de sortir. Des inconnus vont la voir, vont la regarder. Comment affronter ce grand espace, ce vide, ces lieux réservés aux hommes ? Elle en tremble. Abdelkader lui demande de retirer son foulard et de lâcher ses cheveux. Elle est stupéfaite, atterrée. Elle n'a jamais eu les cheveux libres. Sa mère les lui a toujours nattés et cachés sous un foulard qu'elle nouait au sommet de la tête. Djamila refuse : elle va attraper froid !

Dieu que ma mère était jolie. Petite, frêle, elle avait un visage fin et souriait tout le temps, ce qui creusait deux fossettes dans ses joues. Elle se mettait un peu de khôl dans les yeux. Elle était éblouissante de lumière.

Abdelkader lui tend son bras. Non ! Je ne peux pas ! Ça ne se fait pas ! Va devant, sors, je te suivrai. On le lui avait appris : elle devait se tenir derrière son mari. Elle avait peur de croiser les regards des autres hommes, et elle avait l'habitude de baisser la tête.

Allez, *belah*, sortons, s'impatiente Abdelkader.

Au début, elle a du mal à marcher. Elle n'a jamais porté que des claquettes en plastique. Elle a mal aux pieds, et elle regrette ses claquettes. Elle flageole, elle manque de tomber, elle se retient à son mari. Ils rient ensemble.

Abdelkader est fier. Sa petite femme est vraiment jolie, avec ses longs cheveux teints au henné qui lui tombent sur la taille. Bien sûr, il ne le lui dit pas ; il ne lui dira jamais, par respect, par timidité, parce qu'il n'a pas appris à exprimer ses émotions.

Ils sont très beaux, ces jeunes mariés. Ils s'en vont se promener dans le parc de la ville, un jardin planté de fleurs et de chênes centenaires. En remontant la rue des Grands-Chênes, Abdelkader aperçoit son ami Pépé dans son potager, occupé à bêcher, à retirer les mauvaises herbes, un chapeau sur la tête, les pieds dans la boue. Abdelkader l'interpelle : Alors, Pépé ! Tu ne dois pas fumer ! Gare à la maladie !

Les docteurs, je n'en veux pas, répond Pépé sur le même ton.

Le pauvre *chebani*, il vient de perdre sa femme, raconte Abdelkader à sa petite épouse. Depuis son malheur, il est toujours dans son potager, qu'il pleuve, qu'il vente, à travailler la terre.

Pépé s'approche, s'arrête un instant près d'un rosier et coupe une rose. Il la tend à Djamila. La petite épouse ne sait pas ce qu'il veut, ne sait pas ce qu'elle doit faire. Elle baisse les yeux sans bouger.

C'est normal, *etefet*, prends-la. En France, les hommes offrent des fleurs aux femmes.

Kader, dis à ta femme que cette fleur est pour elle et que je serais content qu'elle l'accepte. Attendez, je vais lui en cueillir d'autres, je vais prendre mes plus belles roses.

Djamila rayonne de plaisir, un gros bouquet de roses dans les bras. On ne lui a jamais donné de fleurs. Elle entend la respiration bruyante de Pépé, sans doute à cause de la bronchite que l'effort accentue. Elle le voit allumer une nouvelle Gitane et glisser celle d'après derrière l'oreille. Abdelkader aime bien parler avec Pépé, ce vieux qu'il a connu dans sa boutique de costumes pour hommes.

Kader, ton épouse est belle et bien jeune, dit Pépé.

Tu dois venir manger un couscous à la maison, répond Kader. Djamila cuisine bien. Viens.

Oui, mais alors je fournis les courgettes, les oignons et les navets, le couscous sera meilleur avec mes légumes. C'est autre chose que ceux du marché.

Et Pépé passe son bras sous celui de Djamila pour la conduire jusqu'au potager. Elle prend les légumes et les pose dans un panier en osier, attentive à ne pas salir sa belle jupe. Elle est magnifique, dans ce potager.

Djamila se rappelle l'Algérie, le champ de son grand-père, un immense champ où poussaient haricots verts, courgettes, tomates, poivrons, piments et menthe. Le père de Soliman était comme Pépé ; il ne restait jamais inactif. Il avait fait d'une parcelle de cailloux un champ fertile.

Le dimanche d'après, Pépé s'est rendu chez Abdelkader manger le couscous. Et puis tous les dimanches, il est revenu.

Pour faire honneur à ses hôtes, il mettait un beau costume noir, un chapeau, il faisait homme d'affaires. Il troquait ses bottes vertes en caoutchouc pour des souliers noirs à lacets. Il arrivait en sifflotant, le bras chargé d'un panier rempli d'une laitue, de courgettes ou de carottes, et d'un bouquet de roses pour Djamila.

Dans notre petite pièce, il y avait un matelas posé sur des briques, deux vieilles chaises en bois noir, deux valises en carton en guise de tabourets, une table de camping qui servait de plan de travail et de table à manger, un petit miroir et trois cartons empilés comme placard. Et une gazinière à charbon où Djamila cuisinait le couscous à l'agneau.

Le problème, c'est l'électricité, dit Pépé, l'installation n'est pas bonne, je reviendrai vous arranger cela.

Il partage le couscous de ses amis en racontant ses vieilles histoires de la guerre. J'ai vu les camps de la mort, j'ai vu des femmes tomber, frappées par les SS, j'ai vu des enfants mourir, j'ai vu des hommes devenir fous. Puis silence, Pépé rallume son mégot en baissant la tête. J'ai perdu ma famille et des amis. J'ai failli mourir plusieurs fois, mais, tu vois, Dieu n'a pas voulu de moi, peut-être parce que je suis communiste. Il pousse un long soupir et sourit. Mon père est mort dans les tranchées, pendant la Grande Guerre. C'est un oncle qui m'a appris la couture. Je suis devenu tailleur pour hommes. Puis, j'ai racheté la boutique. Pépé aime dire : « Mes cousins. » Nous sommes cousins, Kader. Tu connais Abraham, notre grand-père à nous les Juifs et à vous les Arabes.

Pépé n'avait peur de personne. Il ne s'intéressait qu'à son travail et à son parti politique. Il a emmené son copain arabe à quelques meetings, mais Kader ne s'y est pas senti à sa place et a fini par décliner les invitations. Pépé a organisé des grèves dans les usines. On raconte qu'il fait signer des pétitions contre la guerre en Algérie. Et qu'il a fait de la prison pour avoir frappé un policier.

Kader ne rapportait jamais d'alcool à la maison, mais il achetait de la bière quand son ami venait. Pépé, après quelques verres, chantait le *Chant des partisans* et *La Marseillaise* et finissait par se mettre au garde à vous, les larmes aux yeux. À la fin du déjeuner, il invitait ses amis à prendre le café chez Doudoune. Mais Djamila a toujours refusé.

Non, j'ai la vaisselle, le linge à laver, et elle ajoutait en kabyle à l'adresse son mari, *rha alia, mache taquechiste nkawa*, c'est honteux, je ne suis pas une fille des bistrots.

Un grand silence remplit la pièce. Clic, clac, plus personne ne bouge, le temps se fige, Pépé a sorti un gros appareil de photo, il veut suspendre le temps, fixer ce moment de bonheur.

Un jour, en passant devant la maison de Pépé, Kader a vu que les volets étaient fermés. Le jour suivant et le jour d'après, pareil. Il a demandé à la voisine, celle à laquelle Pépé faisait de temps en temps un brin de causette. Robert – c'était le nom de Pépé – est parti dans le sud de la France, a-t-elle dit, dans sa famille, il n'est pas en bonne santé. Il m'a laissé son chat.

Plusieurs mois se sont écoulés, puis la maison et le jardin ont été vendus. Des années plus tard, Kader a entendu dire que Pépé était parti en bateau, vers la Corse – peut-être voyage-t-il encore à travers le monde à l'heure qu'il est ? Djamila n'a jamais oublié Pépé. Elle avait le sentiment d'avoir perdu un grand-père. Une pensée la tourmentait : elle n'avait rien su de sa famille, de son enfance. Longtemps après, elle a appris qu'il était très malade, qu'il refusait de se soigner.

## 3.

Dès le lever du jour, ma mère s'affairait dans tous les sens. Elle portait des seaux d'eau, une grande bassine dans laquelle elle nous lavait les uns après les autres. Huit enfants. Elle nous habillait, lavait le linge, préparait les repas, lavait les sols, re-préparait le repas, nous couchait. Toujours avec un nouveau-né, et un autre qui commençait à marcher. Changer les couches, les laver... Condamnée à perpétuité.

L'école, Djamila n'y est jamais allée. En Kabylie, l'école était loin de chez elle, et elle n'avait pas de chaussures. Elle avait essayé, une fois, mais, le soir, ses pieds étaient en sang, si bien qu'elle a failli être amputée, c'est grâce à une religieuse, une de celles qui étaient venues à la suite des pères blancs qu'elle a pu guérir. Ses parents n'avaient pas d'argent pour payer des chaussures à leurs enfants. Encore moins un cartable. Djamila rêvait d'avoir un jour un cartable. Le destin en a décidé autrement, *inchallah*, me répétait ma mère.

Djamila voulait que ses enfants à elle aillent à l'école, cet endroit qui sentait bon la craie humide et les livres. Vous apprendrez à écrire le français, vous deviendrez des *shiors*, des professeurs. Ta vie sera meilleure et les gens te respecteront, répétait-elle en me regardant dans les yeux. Écoute toujours ce que dit la maîtresse, sois polie avec elle. N'oublie jamais : tu dois savoir lire et écrire, après, tu pourras faire ce que tu veux.

J'ai rêvé de voir ma mère un livre à la main, installée dans un fauteuil confortable, dans une belle maison au calme. Les gens qui lisent savourent le silence, ils se meuvent au gré des pages qu'ils tournent délicatement, les unes après les autres, et, quand ils lèvent les yeux, ils sont si détendus qu'ils sourient, heureux de vivre... C'est peut-être une librairie qu'il faut offrir aux gens pauvres. Quel destin aurait eu ma famille si elle avait appris à tourner les pages avec autant d'élégance ? Pourquoi mon grand-père n'était-il pas ainsi ? Soliman, un livre entre les mains, aurait été un bon père de famille. Un livre, à la place du verre d'alcool et du tiercé.

Elle s'appelait Djamila, et elle était née en Algérie. Sur sa carte d'identité, il était écrit 4 avril 1941. En l'absence de certitude, les autorités françaises avaient inscrit cette date en regardant l'enfant, sa taille, le nombre de dents... D'ailleurs, aucun fonctionnaire français ne comprenait le kabyle. Si les indigènes avaient la nationalité « française musulmane », ils étaient sous l'autorité des *bachaka*, autorité désignée pour servir d'intermédiaire entre les administrations et les populations.

Djamila était toujours habillée des mêmes vêtements : une jupe grise, un chemisier noir et un long pull rouge. Elle nouait ses cheveux dans un foulard. L'hiver, elle mettait une paire de chaussettes et se couvrait les épaules d'un châle blanc qu'elle avait crocheté elle-même avec la laine de vieux pulls. Elle passait ses soirées à réparer, rapiécer, découdre puis recoudre des morceaux de tissu aux tailles des enfants. Elle faisait des taies d'oreiller, des serviettes, dans de vieilles chemises. Je la croyais gaie et active. Il m'a fallu des années pour comprendre que, derrière son sourire, se cachait de la tristesse.

Djamila ne pensait pas à se débarrasser des traditions ; elle voulait simplement être plus heureuse. Sa seule référence, c'étaient les femmes du village, ce qu'elles faisaient, ce qu'il fallait faire. Changer de vie, cela aurait signifié quitter son mari, mais ça ne se faisait pas, on ne divorçait pas. Il ne fallait pas provoquer les hommes. Les hommes apportaient l'argent, ils achetaient de quoi manger. Il fallait les respecter, les servir.

Les couples ne sortaient jamais se promener ensemble. Le dimanche, jour de repos, les hommes faisaient le marché, jouaient au tiercé et, l'après-midi, ils faisaient la sieste. Les femmes auraient pu sortir seules, mais non. Honte, déshonneur : des mots qu'on prononçait quand une femme proposait à une autre d'aller faire un tour dans un jardin public avec ses enfants. Si ton mari t'accompagne, oui, sinon, cela ne se fait pas. Une femme seule, dehors, vous n'y pensez pas, elle déshonore la famille. *Ibelden*, la rue en kabyle, on disait que seules les femmes sans éducation y allaient pour vendre leurs charmes aux hommes. La rue, le souk : des espaces pour les hommes.

Djamila ne pensait pas à renier les traditions. Mais elle voulait apprendre la France, sa langue, sa cuisine, sa mode. Elle voulait de jolies robes, du parfum, du rouge à lèvres, comme sur les photos des magazines. Elle rêvait de rencontrer des Français, de partager avec eux la galette de pain, *aroum otagine*, le couscous, les rires. Elle aurait voulu être élégante, raffinée. Mais rien ne se passait jamais, rien qui aurait pu lui permettre d'apprendre à lire et à écrire, d'apprendre un métier, de sortir du bidonville. Elle était en France, mais la France ne la connaissait pas. Son mari, lui, avait une place : il était là parce que la France avait besoin de lui, de son travail. Djamila, elle, était quoi, pour la France ? La femme du Maghrébin, rien d'autre.

Ma mère a souffert d'une dépression nerveuse, je l'ai compris longtemps après. Je l'ai vue prostrée dans un silence total, à ronger ses ongles. Elle n'avait plus goût à rien. Un jour, je l'ai entendue prier, une phrase murmurée un peu plus fort que les autres jours : Dieu si la vie c'est cela, *lmout areal*. La mort c'est mieux. Elle a été entendue.

Elle disait : Ah si j'avais été à l'école, je ne serais pas dans ce *gourbi*.

Djamila avait un seul et unique rêve. Elle savait que, pour elle, c'était fini. Mais ses enfants allaient à l'école ; un jour ils lui achèteraient une belle maison au bord de la mer, en Algérie.

J'avais quatorze ans, je pensais : un jour, nous irons à la mer. Et aujourd'hui, je pense encore : un jour, je l'emmènerai à la plage, à la plus belle des plages, je l'emmènerai marcher pieds nus sur le sable, voir ses traces s'effacer dans le ressac. Je la ferai courir et respirer, je l'embrasserai en riant. Nous jouerons ensemble avec le sable fin. J'avais quatorze ans, et je ne savais pas que dans l'année, elle allait disparaître. Je lui parlais de la Normandie, elle riait et répondait : *inchallah*.

Je me regarde dans la glace, et je dis à mon reflet : j'ai réalisé le rêve de Djamila. J'ai fait de bonnes études, j'ai un métier et une belle maison, et une respectabilité. Je suis connue dans les institutions de la République. Ma famille, mon chien, la garden-party à l'Élysée, mes rendez-vous avec des dirigeants d'entreprise et des ministres, mes voyages à travers le monde. En apparence, je colle bien au décor, au fond de moi, je suis ailleurs.

Petite, quand ma mère me demandait de faire les

tâches ménagères : brosser le sol, laver le linge, faire le bain, balayer la cour, éplucher les carottes, préparer le couscous, j'obéissais. Je frottais les casseroles avec un morceau de citron et des grains de sable fin. Je lavais les latrines avec un grand balai, j'aspergeais le sol d'eau de Javel. Mais la puanteur demeurait. Je n'en revenais pas : les murs restaient d'une saleté répugnante, ils résistaient à tous les nettoyages.

Mon personnage était faux. Je lavais, je frottais, j'épluchais… En fait, je voulais seulement donner un moment de repos à ma mère, et non pas montrer que je ferais une bonne épouse. Au fond de moi, là aussi, j'étais ailleurs, dans le rêve de Djamila.

Ma mère riait beaucoup de cette petite fille. Je me révoltais contre Soliman, je me révoltais contre Aïcha. Très bien, disait ma mère. Mais il faut travailler à l'école si tu veux vivre tes rêves. Personne, personne, tu m'entends, ne te fera de cadeau. Ma mère me protégeait et m'admirait : voilà une fille qui sait ce qu'elle veut être. Nous nous comprenions jusque dans nos silences, nous nous comprenons toujours ; nos esprits restent en communion. C'est sa présence qui me manque. Notre sortie à la mer.

# 4.

Aïcha connaissait des poèmes. Elle les avait appris de sa grand-mère et elle aimait les répéter, en souvenir.

Tu sais, la Kabylie a connu des femmes poètes. Dans chaque *taddart*, dans chaque village, il y avait une ou plusieurs poétesses qui chantaient la vie, l'amour, les souffrances, la mort. J'en connaissais une qui avait aussi le don de guérir, parce qu'elle avait des liens avec le prophète Mohammed. Les poétesses n'avaient pas besoin d'être protégées du déshonneur. Elles sortaient seules de chez elles sans perdre le respect des autres. Leur homme devenait « le mari de la poétesse », « le mari de la chanteuse », « le mari de la guérisseuse ». Seules les poétesses sont admirées par les hommes. Tu dois devenir une poétesse pour être l'égale des hommes.

À l'école, j'ai dit cela à la maîtresse : mon seul

moyen d'être l'égale des hommes, c'est de devenir poétesse. Cela l'a fait rire.

Les poèmes, il faut avoir vécu pour les chanter, ils naissent de la vie ; pour une seule phrase, il faut des années de sentiments, avoir vécu les douleurs d'une femme qui accouche, la joie d'une naissance, avoir pleuré un mort. Il faut revoir son enfance, garder en soi des sentiments inexpliqués, et encore, ce n'est jamais fini. Il faut savoir écouter son cœur.

Alors c'est cela, ai-je dit à ma grand-mère, je dois apprendre des poèmes. J'ai compris pourquoi Aïcha, dans son malheur, voulait chanter.

Ma mère chantait, elle aussi, les chants de Cherifa, une célèbre chanteuse kabyle. On disait de Cherifa et d'autres qu'elles portaient la souffrance de toutes les femmes.

Là je n'étais plus d'accord. Je ne voulais plus devenir poétesse.

Aïcha, la voilà dans sa chambre, la serpillière à la main. Elle imagine une chanson, un poème pour son père, ce père disparu qui l'a laissée seule avec sa mère et trois frères. Elle chante et les mots lui viennent ; comme si elle ne les inventait pas, comme si son chant avait toujours existé au fond de sa mémoire.

> Dieu tu m'as privée de mon père
> Je suis devenue une orpheline
> Ma mère m'a donnée
> Tu ne m'as rien laissé de toi

Je n'étais qu'une enfant
Qui ne connaissait pas encore la vie, *dounit*
Lorsque j'ai été mariée, *gewegeur*
Dieu tu m'as laissée pleurer
Alors que j'étais un petit oiseau
Tu m'as oubliée,
Tu m'as fait orpheline, seule,
Tu m'as fait pauvre
Je sais que mon histoire est tragique
Pourquoi m'avoir fait vivre ces injustices ?
Puisque je suis la fille de Dieu
Je suis sur un chemin sans lumière

Lala Zohra était une maraboute. Et aussi la couturière. Quelques semaines avant le début du ramadan, mon père achetait des coupons de tissu qu'il offrait à ma mère et l'accompagnait chez Lala Zohra.

J'aimais Lala Zohra. Elle était belle et savante.

Ma mère me dit : les maraboutes sont les descendantes de la lignée du prophète Mohammed. En Algérie, il y a aussi les femmes qui enseignent le Coran. Je ne les ai jamais vues mais elles existent, je le sais. Les maraboutes, *marbtes*, ont hérité leur statut de leur famille, des familles remarquées pour leur intelligence et leur piété. Certaines ont des dons de guérison ou un savoir occulte. Tu dois toujours appeler une *marbte* Lala, en signe de respect. Si tu es malade, va voir une *marbte*, elle te guérira. Elles connaissent le secret des plantes et leurs prières sont entendues par Dieu.

Je voulais devenir une *marbte.* Ma mère riait. Ce n'est pas possible, il faut te marier avec un *marbt.* Mais je ne savais pas où le trouver.

Ma mère me racontait. En Kabylie, les maraboutes sont des personnages importants. Ce sont des épouses ou des sœurs ou des filles d'hommes pieux. Plusieurs étaient vénérées comme des saintes, la plupart consacraient leur vie à la prière, et à faire le bien autour d'elles. Toute petite, Djamila entendait déjà parler de ces saintes que les villageois allaient voir pour obtenir une bénédiction, des plantes pour soigner leurs maladies et des prières pour chasser le mauvais œil. Elles étaient capables d'entrer en contact avec les esprits, avec les prophètes, disait-elle.

Lala Zohra ne parlait pas de son statut de « maraboute », mais elle était reconnue pour ce qu'elle en faisait. Elle habitait un petit appartement de deux pièces, dans un grand pavillon occupé par deux autres familles françaises. La maison appartenait au patron de son époux qui dirigeait un garage.

J'aimais l'appartement de Lala Zohra. Il était simple, très bien tenu. Il y avait un petit jardin derrière la maison.

Va nous chercher de la menthe pour le thé.

J'aimais cette femme pour son esprit, sa délicatesse et sa foi.

*Benté,* ma fille, j'ai donné ma vie pour faire le bien dans le chemin de Dieu. Mon mari me respecte, mais les autres hommes me jalousent. Je n'ai pas d'enfant, c'est le choix de Dieu. J'aimerais te revoir,

Fatiha, je t'apprendrais la couture et je te parlerais de Dieu, reviens me voir.

J'ai gardé en moi une phrase de Lala Zohra : vis du mieux possible ta vie au jour le jour. Pour *nessen*, pour tout le monde, chaque jour est un mystère, il doit te donner envie de vivre mieux que le jour passé. Tu dois être gaie, avoir confiance en ton destin. J'ai répété cette phrase dans les moments les plus tristes de ma vie.

Lala Zohra m'embrasse sur le front et fait une prière pour me protéger.

Les femmes arrivaient les unes après les autres avec leurs coupons de tissu. Elles découvraient les derniers modèles proposés par Lala Zohra. Ils ne changeaient pas beaucoup : robe très large, très longue et manches mi-longues piquées par un élastique assorti à la couleur du tissu. Toutes étaient fières de cette visite qu'elles rendaient à leur amie la maraboute. J'aurais aimé la revoir, mais elle a déménagé sans nous laisser son adresse.

# 5.

Était-ce fin août, début septembre ? Je ne sais plus exactement. C'était en 1969. L'été était encore là, et j'avais douze ans. Ma mère venait de mettre au monde Hafid, un petit garçon, un ange qu'elle couvrait de baisers. Un an auparavant, elle avait perdu un enfant âgé d'un an. Était-ce à ce moment-là qu'elle avait eu sa dépression nerveuse ? En tout cas, l'arrivée de Hafid lui avait rendu le sourire.

Ce soir-là, nous nous préparions à dîner autour de la petite table. Le soleil venait de se coucher. Le ciel était rouge et j'attendais de manger. La chorba cuisait doucement, et l'odeur du *gassebar*, de la coriandre, embaumait la maison. Je jeûnais et j'avais terriblement faim. Le ramadan avait commencé depuis trois jours. J'avais le teint pâle, les yeux vides, j'essayais de résister à l'envie surtout d'aller prendre une aspirine. Je souffrais de névralgie.

J'ai demandé à ma mère si elle avait aussi mal à la tête. Elle m'a répondu cela passera, résiste, c'est la première fois, tu verras, tu seras mieux dans quelques jours. Pendant le ramadan, il faut se dépasser, prendre sur soi, être généreux avec les pauvres, prier pour son âme. Mon âme ? Mais qu'avait-elle fait cette âme pour que je souffre autant ? Enfin le soleil s'en est allé dormir avec élégance, laissant derrière lui une poudre dorée... Levant le verre de lait, ma mère a entonné les paroles rituelles et béni le repas. Moment de bonheur.

En période de ramadan, disait Djamila, il est interdit de dire du mal des autres, interdit de mentir, de battre sa femme ou qui que ce soit. Pendant le ramadan, Soliman ne sortait plus de la maison, et nous avions la paix. C'est un mois de pardon et de générosité envers tous les êtres humains. Les riches doivent donner à manger aux pauvres. Ma mère, qui se pensait riche, demandait à mon père d'aller porter son repas à un mendiant, au coin de la rue.

Djamila ne savait pas grand-chose de l'islam.

C'est une des trois religions du Livre, venue après le judaïsme et le christianisme, nous devons respecter tous les hommes quelle que soit leur religion.

La Berbère née sur les plateaux de Kabylie avait appris de sa grand-mère les traditions de l'islam. Elle tentait de me les enseigner à mon tour, mais je protestais contre tout, je me révoltais contre tout ce qui était présenté comme obligatoire au nom de la religion ou des traditions.

J'avais douze ans, et ma mère m'avait recommandé de faire le ramadan. Tu as l'âge, me disait-elle. Pourquoi douze ans, pourquoi pas quatorze ou bien plus tard ? Quand les filles ont leurs règles, elles deviennent des femmes. Elles sont en âge de suivre la religion musulmane. Le ramadan est bon pour le corps, pour la santé. C'est un mois de concentration et d'effort. Je ne comprenais toujours pas ; pourquoi fallait-il se priver d'aliments pour être un bon musulman ? Tenter d'être un honnête homme, un homme porté par la sagesse et la bonté, pouvait s'acquérir par l'éducation : je pensais cela à voix haute. Arrête de tout contester, répétait-elle, prends le temps d'écouter et de respecter les choses et surtout la religion. Reste silencieuse, reste discrète, répétait-elle.

Moi, j'avais besoin de prendre ma place, d'être vue, d'être reconnue et respectée. À douze ans, je ne comprenais pas les mots de ma mère. C'est bien plus tard que j'ai apprécié ce qu'elle me disait avec sa naïveté, sa foi si pure, si sincère.

Djamila avait commencé à faire le ramadan à douze ans, Aïcha avait commencé à faire le ramadan à douze ans, un an après son mariage. Je devais suivre la tradition.

Cela commence par une datte, un peu de lait. Ensuite on mange la chorba et on termine par des pâtisseries parfumées à la fleur d'oranger et au miel. Ce soir-là, il y avait du thé et des beignets de semoule.

L'odeur de la pâte en train de frire nous enveloppait.

J'étais heureuse, et cette image ne m'a jamais quittée. Elle me revient chaque fois que je vis des moments de tristesse. Je me dis que le futur se vit à l'instant présent, qu'il ne faut pas trop attendre, quelque temps encore, et ce repas, cette table où je mangeais la chorba, auront disparu. Il s'est tant passé de choses mais rien en même temps, et je n'ai pas pu comprendre ces femmes. Je n'ai rien raconté à mes enfants ou peu de chose.

Ma mère avait des gestes d'artiste pour faire ses beignets. Ses enfants se pressaient autour d'elle pour la regarder. Elle mélangeait la pâte de ses mains fines, la pétrissait, la soulevait, la laissait retomber dans la cuvette. Elle la rattrapait, l'enroulait, la roulait. Elle balançait la pâte dans l'huile fumante avec légèreté. Elle retirait les beignets et ornait la croûte dorée de graines de sésame noires et les disposait dans un grand plat. Je reproduis ses gestes en pensant à elle.

Sur le beignet encore chaud, une épaisse couche de sucre ou parfois un filet de miel. Nous mangions dans le plat, comme au bled.

Tous les jours, ma mère préparait le pain. Je l'aidais à pétrir la pâte. C'était une initiation, un rituel que j'attendais avec exaltation. J'aidais ma mère à installer la cuvette en plastique rouge sur une serviette, à sortir de la semoule de blé fine, le sel et la cruche que je remplissais d'eau. Elle allumait la cuisinière avec du papier journal et quelques morceaux de bois puis y versait du charbon avant de refermer la trappe. Elle allait chercher une plaque ronde en acier noir que lui avait fabriquée Mustapha, un ouvrier du bâtiment.

Elle guidait mes gestes. Lave-toi les mains, encore, encore. Elle avait peur des microbes. Je criais : oui, oui ! Mais cela ne lui suffisait pas, elle me donnait le savon, retournait au seul robinet du bidonville chercher une autre bouteille d'eau et à nouveau je me frottais les mains. Lentement, elle versait l'eau qui ruisselait sur ma peau jusque dans une casserole. Frotte bien !

Elle m'installait dans un coin de la chambre, sur une couverture, et me versait du *smet* (semoule) dans la cuvette, avec un peu de sel et de l'eau. Je malaxais la pâte à pleines mains, détachant ici et là des morceaux. Au bout d'un moment, ma mère reprenait la pâte et formait une belle boule ronde qu'elle roulait entre ses paumes, puis l'aplatissait sur une planche en bois. Cela donnait cette classique galette ronde bien plate de semoule, *arehom* en kabyle, qui cuisait à feu doux pendant quelques minutes sur la plaque en terre cuite. Le pain était mangé le soir avec des *felfels,* des poivrons grillés et des tomates arrosés d'huile d'olive.

Il y avait d'autres sortes de pains, *meteloh,* le pain à la levure, et le pain *koucha* qu'elle ornait tantôt de découpes couvertes de graine d'anis ou de pavot, tantôt de torsades ou de serpentins de pâte enduits de jaune d'œuf. Une fois par mois, elle confectionnait des *makrouts* avec de la semoule grillée qu'elle fourrait de dattes écrasées parfumées à l'eau de fleur d'oranger. Après les avoir fait cuire dans l'huile, elle les déposait sur un plat avant de les arroser de miel.

Pendant les périodes de ramadan, les femmes cuisinaient du matin au soir. Pour les *kaks,* des cercles de farine fourrés aux dattes, il fallait aller chez Mme Sonnette, la boulangère du coin de la rue. Tous les enfants du bidonville formaient une procession jusqu'à sa boutique, chargés de lourds plateaux. Habillée d'une blouse blanche, comme une infirmière, Mme Sonnette nous accueillait toujours avec un grand sourire. Elle nous demandait la recette des gâteaux. J'étais fière de pouvoir lui expliquer comment faire. Ma mère me disait de lui donner des gâteaux une fois la cuisson terminée. Le plus délicat était, au moment du défournement, d'identifier les siens au milieu de tous les autres. Surtout quand quelques-uns avaient pris un coup de chaud.

*Charba,* une soupe avec des pois chiches, de la viande de mouton coupée en petits morceaux et décorée de coriandre et de persil. Couscous, boulettes de viande aux pois chiches, une sauce à base d'oignon, de tomate et de cerfeuil, boulettes de semoule et de menthe *(tahesseban),* gâteaux aux œufs moulés en forme de rectangle, carreaux ou cœurs, sablés gorgés de beurre et de sucre glace si fondants en bouche *(rabia)*. Pendant le ramadan, toutes les matinées étaient consacrées à la cuisine. Ainsi le veut la tradition, disait mon père.

De son côté, il dépensait sans compter durant ce mois sacré. Il m'entraînait avec lui, dans la rue animée qui allait de la place du marché à la place de la gare. Il retrouvait ses amis des foyers Sonacotra et des bidonvilles qui avaient poussé dans les terrains vagues de Bondy, Drancy, Villepinte. Ils se donnaient rendez-vous là, devant l'étalage de fruits et légumes du commerçant Turluret, pour échanger des nouvelles du pays. Tous savaient que, ce mois-là, ils avaient besoin de plus d'argent que d'habitude, pour acheter fruits, viandes et vêtements neufs en prévision de la fête de l'Aïd.

Mon père discutait les prix pour le principe, mais achetait quand même. Quand l'argent manquait, il empruntait. Quand il en avait, il prêtait. J'ai compris bien plus tard que se nourrir beaucoup pendant le ramadan était un geste qui garantissait que la nourriture ne manquerait pas tout le reste de l'année.

J'allais avec lui au marché. Nous revenions nos paniers bourrés de victuailles pour les festins du soir. Tu es trop maigre, tu dois manger de la viande. Malgré l'étroitesse de la chambre, ma mère arrivait à ranger les sacs d'épices, de semoule, de pommes de terre, les boîtes de conserve de sauce tomate débordaient sous les lits. Mon père demandait à ma mère de prévoir des repas en quantité importante. Il avait décidé de faire *sadaket*, l'aumône. Savoir partager avec ses amis, donner à ceux qui n'ont rien. Le vendredi, nous partagions un couscous avec les familles pauvres en mémoire des morts de la famille. As-tu prié pour nos morts, ton grand-père, l'oncle et les tantes ? As-tu fait des prières pour qu'ils nous pardonnent ? Ma mère disait en riant : les morts sont bien là où ils sont. Mais elle priait pour eux.

Mon père me confie le sac de dattes que je serre contre ma poitrine, et nous tournons le coin de la rue vers la boutique du boucher halal. Il s'attarde à examiner les morceaux de viande, calcule au plus juste le prix que lui coûtera tel ou tel morceau, puis il demande que les morceaux soient découpés. Il se rend ensuite chez le marchand d'épices, son ami juif. Il achète de la menthe, de la coriandre et le *benn*, le petit-lait qu'il boit le soir avec un morceau de galette.

Les allées du marché sont des couloirs étroits où les paroles s'élèvent comme des bulles de savon pour crever aussitôt. J'entrevois les boutiques, parfums, vêtements… Elles sont plus jolies que la boucherie halal. Surtout la nouvelle, à l'enseigne de Sheila. Je reste en arrière pour regarder les robes, les jupes, les chemisiers présentés en vitrine. Il y a cette robe blanche avec un col rose.

Mon père revient me chercher. Il est pressé d'aller chez le boucher, il me tire par la main, et je hais le boucher qui me prive de la robe blanche. Sheila est mon idole, j'aimerais tant lui ressembler, un peu.

Mais la robe blanche n'est qu'une fantaisie de petite fille. Mon père n'entre jamais dans ces boutiques. Pour les vêtements, il achète des coupons de tissu au vieux commerçant juif venu d'Algérie, M. David.

Mes camarades de classe portaient des jupes plissées et des chemisiers blancs en dentelle, les cheveux courts. Je me trouvais laide, dans les robes larges et longues que me cousait ma mère, les nattes longues attachées par une barrette noire. Je haïssais les nattes et les barrettes. Je marchais la tête baissée en tirant sur mes robes déjà si longues. J'avais honte de moi, de mes tenues, de ma maison, et même de ma famille. Ma mère me disait : tu ne dois pas te plaindre, ta grand-mère, tes arrière-grand-mères portaient des djellabas trouées et marchaient pieds nus. Toi, tu as des vêtements et des chaussures, grâce à Dieu, tu vis en France. Je lui répondais : la France, c'est la tour Eiffel, les belles maisons, c'est toi qui me l'as dit. Moi je n'ai jamais vu la tour Eiffel et nous vivons dans une baraque sale et humide. Ma mère me répondait, toi, tu vivras tout ça quand tu seras grande. C'est possible, tu verras, grâce à l'école. Tu n'as qu'à bien travailler à l'école, et tu auras ce que je n'ai pas eu.

Aïcha raconte. Les femmes de la famille, en Algérie, portent le haïk. J'ai porté le haïk d'Alger à Marseille, et personne ne m'a rien dit, les douaniers m'ont laissée passer sans rien me dire. Tu sais, le haïk est pratique, parfois : quand elles le portent, les femmes ne sont pas embêtées par les hommes, dans la rue. Des filles le portent pour sortir en cachette, sans avoir demandé l'autorisation à leurs époux. Elles vont se promener, rendre visite à leur famille, regarder les boutiques ou flâner dans le souk incognito. Elles croisent leurs maris qui ne les reconnaissent pas. Porter le haïk n'empêche pas de vivre.

Aïcha sort son haïk de l'armoire. Il est en coton blanc. Celui de Djamila est en soie, car elle l'a hérité de sa grand-mère, la mère de Soliman, qui avait eu de l'argent. Mais avec le temps, il a jauni. Djamila s'enroule dedans puis ajuste son petit voile blanc brodé derrière la tête. On ne voit plus que ses yeux. Elle se met à rire. Je n'en veux plus, dit-elle. Les oncles de ta grand-mère exigeaient que les femmes de la famille portent le haïk ; ils leur donnaient des leçons de morale. Pourtant, l'épouse du prophète Mohammed était une femme sans voile ni haïk, elle était libre et elle exerçait un métier. Elle serait aujourd'hui une femme d'affaires. En Algérie, c'était dans le peuple qu'il se portait. Les épouses des gens riches, des ministres par exemple, étaient habillées à la mode française. Tu feras comme elles, tu t'habilleras comme tu voudras.

La veille du vingt-septième jour, nuit sacrée du ramadan, on teint les mains au henné pour éloigner de la maison les influences néfastes.

La vieille Tassaadit, une voisine, me dit que, déjà, à l'époque du prophète, les cheveux des femmes étaient teints au henné. Le jour de ton mariage, tu auras les paumes et les ongles de tes mains et de tes pieds teints au henné. C'est pour te porter chance.

Ma mère ne sait pas lire, Tassaadit non plus ; elles ne font que répéter ce que d'autres leur ont raconté. Elles me transmettent les traditions sans jamais avoir eu un texte entre les mains.

Tu l'as lu le Coran, pour vérifier ce que dit Tassaadit ? Où est l'*alem*, celui qui connaît et qui a lu le Coran ? Ici, je n'en connais pas, mais c'est comme ça que les choses m'ont été dites et c'est comme ça que tu les diras à ta fille.

Djamila réduit les feuilles de henné en une poudre à laquelle elle ajoute de l'eau de rose et de l'eau ordinaire afin d'obtenir une pâte onctueuse. Elle applique la pâte sur ses cheveux et se protège la tête d'un foulard.

Je déteste le henné, je ne supporte ni son odeur ni sa texture. Ma mère me dit : en Kabylie, le henné était cultivé par les femmes, le henné est un signe de bonheur, il chasse le mauvais œil.

Je réponds, agacée : mais ce n'est pas vrai !

Ne ris pas de ces choses-là, sinon tu auras des problèmes.

Je n'aime pas le henné, mais je n'ai pas le choix.

Tu sais, tu n'en mets qu'à l'occasion des fêtes religieuses, le ramadan, l'Aïd, les mariages et les baptêmes, le reste de l'année, tu n'es pas obligée.

Je me bouche le nez et je tends les mains à ma mère, qui applique la pâte sur ma peau en dessinant des formes géométriques. Après cela, il faut passer la nuit les mains couvertes d'un bout de tissu pour éviter que le henné ne tache les couvertures. Je dors mal, ainsi emmaillotée. Le lendemain matin, vite, je me lave les mains à l'eau de Javel. Mais la couleur ne part pas. J'ai les mains orange, et j'ai honte. Je ne pense qu'à ça, sur le trajet de l'école. Je dirai à mes camarades de classe : « C'est du henné. » Comme si elles pouvaient comprendre.

# 6.

La fête de l'Aïd el-seghir durait trois jours. Mon père achetait un mouton sur pied et se chargeait du sacrifice. Toute petite, j'étais terrorisée par ce mouton soudain apparu dans la cour. Dès que je le voyais, je courais me cacher et je criais de toutes mes forces. Mon père riait et le lâchait sur moi pour me faire enrager. Venait le moment de l'égorger. Mon père détachait avec précaution la peau, que ma mère lavait et séchait pour en faire une descente de lit. Il découpait les quartiers de viande, crispé sur sa scie, en petits morceaux qui seraient ensuite distribués à la famille proche et aux voisins nécessiteux. La tradition voulait que les épaules soient offertes aux tantes et cousines les plus âgées. Ma mère les enveloppait de papier et les mettait de côté. Comme nous n'avions ni tante ni cousine en France, mon père donnait la viande à ses amis.

Le lendemain, ma mère préparait une farce très épicée au riz et à la coriandre, en bourrait la peau des intestins du mouton : c'était *tahesseban el gheiche*, les boulettes de tripes, qui cuisaient de longues heures au milieu d'oignons, de pois chiches, de tomates et de carottes. Elles étaient dégustées en famille, le soir, dans de belles assiettes réservées à l'Aïd.

C'est le premier jour de l'Aïd, et je souhaite bonne fête à mes parents. Sur le lit, il y a un paquet enveloppé de papier journal. Mon père me dit de le prendre, qu'il est pour moi. C'est étonnant, c'est la première fois qu'on me fait un cadeau dans une boîte. Comme tous les enfants, je déchire le papier, impatiente et fébrile, j'ouvre la boîte... Dedans, il y a la robe de Sheila, blanche au col rose. Vite, je la passe, et je cours vers l'école, j'en ai oublié de manger. Toute la journée on me dit : comme elle est belle, ta robe ! et je réponds chaque fois : c'est une robe de Sheila !

*Sayah l'eidek*, bonne fête, et soyez les bienvenus. Les voix sont joyeuses, les visages détendus, souriants. Un je-ne-sais-quoi de léger emplit les cœurs. Ceux qui sont fâchés se pardonnent et se présentent leurs vœux. Des odeurs de fruits imprègnent l'air de la cour. Tout s'offre, les bons gâteaux, les plats mijotés, toutes les portes sont ouvertes. Je balade ma robe blanche et rose d'une pièce à l'autre, et je prends ce que je veux, les cornes de gazelle, les *makrouts*, je bourre mes poches de dattes et de cacahuètes. On me propose du thé à la menthe, avec de la cannelle et du sucre. Les femmes s'affairent autour des réchauds où crépite l'huile bouillante.

Djamila, ton nom signifie « la belle », le savais-tu ? Tu te hâtes, tu tournes, tu traverses la cour... Je t'imagine en gazelle, agile, élégante. Tu surgis du soleil de la fête, vêtue de blanc, les yeux brillants, émouvants. Tes mouvements sont précis, tes jolies jambes dansent. Tu traverses la cour les bras chargés de plats. Puis tu reviens et tu vas au point d'eau faire tes gestes d'ablutions, tu te rinces les mains, le visage, les oreilles, les pieds, et plusieurs fois ta bouche. Tu vas prier tes saints, Yemma Gouraya, Sidi Saïd et d'autres de tes frères. Tu pries pour tes morts en invoquant tous tes saints, tous les prophètes. Sidi Abdelkader, protège mes enfants. Je te vois épuisée, mais tu ne faiblis pas. En ce jour de fête, le désespoir et la fatigue s'enfouissent et disparaissent.

Je regarde la fête comme si je voulais tatouer sur ma peau le bonheur qu'elle répand. Les parents donnent en souriant quelques pièces de monnaie aux petits enfants. Un café pour Larbi qui arrive, les bras chargés de fruits... Une voisine nous invite pour le dîner. Ma mère l'invite à son tour. Dans tous les recoins, des bougies sont allumées, et mêmes les ombres sont des anges venus nous protéger. Pendant ces trois jours les repas sont partagés, abondants, soignés, délicieux. Le taudis tout entier est devenu un arc-en-ciel d'où jaillissent de multiples couleurs, une île de plaisirs simples. Les cris de joie fusent de partout, on voudrait suspendre le temps. Mais la fête ne dure que trois jours.

Ma mère, assise au sol, nettoie la peau du mouton de l'Aïd. Quand elle se relève, je lui trouve un ventre rond ; est-ce un pli de sa robe ? Je l'observe… Non, elle attend un enfant, encore un autre enfant. Tout le jour, je remarque que d'autres femmes du bidonville ont ce même profil. L'année prochaine, nous serons plus nombreux pour la fête.

# 7.

Nous sommes au milieu du mois d'août, et il fait chaud. Je grimpe à l'assaut du poirier m'asseoir sur les dernières branches. C'est mon refuge, quand j'ai peur, *elerouf.* Ce matin, ma mère a habillé mes frères d'un pantalon, d'une cape de soie blanche, d'une chéchia brodée de fils d'or et de souliers noirs éclatants. On dirait des petits princes du désert. Ils sont heureux, joueurs ; Hakim a deux ans, Djamel a cinq ans.

Mon père est arrivé avec un homme vêtu d'un burnous. Un spécialiste en circoncision. Les femmes sont réunies dans une pièce voisine, pour préparer le repas. Elles chantent, dansent et lancent des youyous.

Moi, je suis dehors, dans mon arbre.

J'ai eu envie, en sortant de la maison, de prendre mes frères par la main et de les serrer fort et de m'enfuir avec eux. Mais pourquoi ? Les invités sont heureux, mes parents préparent la cérémonie. Il faut suivre les traditions. Ils ne pourraient donner une autre explication à la circoncision. Ma mère me cherche, m'appelle, crie mon nom. Non je ne descendrai pas de mon arbre. J'ai peur, cette foule me paraît étrange. À quoi cela sert-il d'être circoncis ? Je sais ce que ça veut dire. On coupe le bout du pénis... J'imagine la douleur et cela suffit à me terroriser.

Ce matin, ma mère a sorti de sa boîte à bijoux une dizaine de pièces en argent de cinq francs qu'elle a rangées soigneusement dans un grand foulard berbère de couleur jaune éclatant. Je l'entendais prier. Je ne voulais pas assister à la cérémonie.

Halima est venue avec un pot de poudre blanche acheté chez le pharmacien. Cela sert à calmer la douleur, dit-elle, et aide la cicatrisation, une sorte d'anesthésiant. Ma mère a pris soin de laver à l'alcool l'arme du crime, le couteau, et l'a enduit de cette poudre miraculeuse. Mes deux autres frères, Hafid et Karim, eux, seront conduits dans une clinique pour être circoncis par un chirurgien, en 1973. Auparavant, mon père ne savait pas que c'était possible.

Je me bouche les oreilles pour ne pas entendre les cris des deux petits garçons. Je parle à mon arbre du ciel, de l'herbe, de ses feuilles. Les cris me rendent grave. Si longtemps après, ils sont encore en moi, ils me mutilent et me fragilisent. Premiers cris d'enfants qui découvrent la vie de leurs corps.

Les garçons le savent : lorsqu'ils auront atteint l'âge, ils devront subir l'épreuve de l'alliance à Dieu.

Les jambes écartées, le couteau passe sur la peau si fine, le sang coule, les cris, les femmes pleurent et les hommes hurlent de joie.

Mme Simon, notre voisine, a expliqué à ma mère quelques jours plus tôt que les juifs pratiquent la circoncision au huitième jour après la naissance, que c'est aussi l'occasion d'une fête, comme chez les musulmans. Luisa, une voisine, dit qu'Abraham a été le premier circoncis, à un âge très avancé, en signe de fidélité à Dieu. Après Abraham, il y a eu ses fils, Isaac, le fils de Sarah, circoncis à l'âge de huit ans ; son demi-frère, Ismaël, son aîné, était déjà adolescent.

Mes frères sont désormais reconnus comme membres de la descendance d'Abraham au prix de quelques journées de douleur. Peu importe, une semaine plus tard, ils sont de nouveau dehors. Si frêles, ils jouent, ils marchent, ne comprennent pas. Personne n'a les mots pour leur expliquer. À nouveau le silence. Ils avancent droit, le corps redressé. Personne ne leur dit rien, et la vie ne les éclaire pas vraiment. Ils sont seuls. Ils ont la certitude qu'ils sont forts, invulnérables, et pourtant ils sont seuls ; la vie n'est pas tendre pour ces fils d'Abraham.

Les femmes dansent et chantent derrière leurs murs. Les hommes mangent le couscous. Moi, je reste au-dehors et je me retiens pour ne pas hurler vos souffrances. Vous êtes les héritiers d'un très long secret. Résistez aux dérives et concentrez-vous sur l'amour, le vrai, l'unique, celui qui vous guidera vers un monde meilleur. Rêvez d'enlacer vos femmes et vos enfants.

Donnez de l'amour et suivez cette étoile d'Abraham qui guide vers le bonheur.

Ce soir-là, les lampes ne s'éteignent pas, pour protéger les circoncis dans leur sommeil. Ils ont fini par s'endormir. Je suis restée perchée à observer chaque geste des invités, qui rentrent dans leurs cabanes jusque tard dans la nuit. À cheval sur la branche, je m'endors quelques instants ; je murmure des mots à mon arbre, les paupières mi-closes.

Un sursaut, mon père est là, en bas. Il me fait descendre tandis que les invités s'éloignent. Je ne peux pas m'endormir. J'entends les petits garçons gémir dans les bras de ma mère, qui les veille et les couve. Puis le silence de la nuit nous enveloppe.

# 8.

Comme tous les dimanches, les enfants sortent dans la cour jouer à la marelle. J'ai dessiné sur le sol le parcours qui va de un à neuf. Nous jouons à cloche-pied, poussant la pierre de case en case. Il faut sauter par-dessus la case où est la pierre, sans toucher les lignes.

Yamina triche. Avec sa chevelure rousse et ses rondeurs d'angelot, elle n'a peur de rien ni de personne. Elle ne veut jamais admettre qu'elle joue mal. Vous m'avez bousculée et j'ai perdu l'équilibre, alors voilà, j'ai marché sur les traits, c'est de votre faute. Non, tu as fait des erreurs, donc tu as perdu. Yamina part bouder dans un coin en nous lançant les malédictions qu'utilisent les femmes du bidonville. *Inchallah, alekaze daoualan*, j'espère que tu auras un mari méchant. *Oteadite ala atalem de henne* – mot à mot : tu ne mettras pas tes pieds dans le henné, autrement dit : tu resteras vieille fille, la pire condition pour une musulmane, il n'y a pas de vie bénie par Dieu sans mariage, on se marie depuis la fondation du monde, me répétait mon père, sans pouvoir citer aucun texte religieux.

La plus habile à la marelle est Dalila, qui joue sans nous regarder. Petite, musclée, les cheveux châtain très clair, elle exprime la force, l'envie d'exister. Elle fixe les cases de la marelle et saute. Un parcours sans faute, elle atteint le neuf, le ciel. Elle a gagné la partie avec une grande élégance.

Dalila partira de France dans les années 1975, sans l'avoir choisi. Le gouvernement, à l'époque de Valéry Giscard d'Estaing, encourageait le retour au pays, une prime de mille francs à l'appui. Plusieurs de mes amies ont ainsi dû suivre leur famille. Certaines ont été mariées là-bas, d'autres se sont enfuies et sont revenues sans papiers en France. Je songe à elles, nées en France, exilées dans un pays qui n'était pas le leur. Dans les années 1980, l'ambassade de France à Alger a été submergée des dossiers de demande de retour des jeunes filles et des jeunes garçons ainsi déplacés. J'ai eu des nouvelles de Dalila, une fois. Elle avait quitté l'Algérie, s'était échappée de la maison de son mari avec son fils pour rejoindre Marseille où vivaient ses oncles. Ils avaient accepté d'accueillir son enfant, mais ne voulait pas de Dalila. Ils l'avaient rejetée parce qu'elle avait renoncé à son mariage. Les traditions d'autrefois. Elle est restée en France. Je n'ai pas su ce qu'elle est devenue.

Après la marelle, nous rentrons aider nos mères à préparer les galettes. La nuit s'installe, le ciel devient rouge. La maison sent bon l'odeur qui monte du *khanoun.* J'entends grésiller les poivrons sur les charbons de bois. Autour de moi, les fourmis arrivent, s'activent. Je les regarde dans l'indifférence.

Le lendemain, le temps est superbe. C'est un jour comme les autres, en cette période de vacances scolaires. De la pièce où nous vivons, j'entends le bruit sourd du ballon qui rebondit sur le sol, dans la cour. Ahmed, quatorze ans, les cheveux en bataille, crie à tue-tête. Venez jouer !

Garçons et filles du bidonville sortent les uns après les autres ; une partie de balle aux prisonniers est organisée. Je suis désignée pour partager le terrain en quatre : les camps des deux équipes et les prisons. Je rassemble les joueurs, je rappelle les règles : il faut éliminer les adversaires en les touchant avec le ballon. Je choisis les groupes, autant de garçons que de filles dans chaque camp.

Pendant tout l'après-midi, nous courons et nous nous lançons le ballon, garçons et filles ensemble, bras tendus les uns vers les autres. Nos mères, assises au fond de la cour, nous regardent, s'amusent. Les hommes chuchotent entre eux avec des regards rieurs, et l'on voit qu'ils revivent leur enfance. Des rires et des cris inlassablement rythmés par le ballon, dans la poussière qui monte du sol. La terre sent bon, nous sommes heureux. Le jeu se déroule comme un chant magique.

À la fin de la partie, nos mères nous font un goûter avec des gâteaux au miel. Les enfants sont le miel de leur vie.

Il est bientôt six heures du soir. Garçons et filles quittent la cour, et se ruent chez Aïcha. Soliman a acheté la télévision ! La boîte est énorme dans cette pauvre pièce, comme une armoire – du moins nous la voyons ainsi.

Tous les soirs, maintenant, nous regardons la télévision. Si je dois partir me coucher, je reviens en douce me cacher sous le lit d'Aïcha pour voir encore un film et les réclames. Les lampes sont éteintes, seules les lueurs de l'écran éclairent la pièce plongée dans l'obscurité. Une grosse peluche brune chantonne : « Bonne nuit, les petits ! » Ma mère attend Rika Zaraï, si belle, si joyeuse. Soliman, lui, attend les courses de chevaux ; s'il a perdu, il criera de colère. Perdu. Comme il perd souvent, il crie souvent.

Nous restions là immobiles, à suivre les émissions qui s'enchaînaient. Parfois, tout s'arrêtait : un homme et une femme étaient sur le point de s'embrasser. D'un seul mouvement, les enfants s'enfuyaient, et Aïcha éteignait le poste. Elle attendait quelques minutes, rallumait la télé et nous rappelait.

Au début, ma grand-mère ne voulait pas croire que les personnes qu'elle voyait sur l'écran étaient réelles. Aucune femme, disait-elle, ne peut oser chanter comme ça, s'habiller avec de tels vêtements. Il lui arrivait de rester plusieurs jours sans rallumer le poste par peur de voir apparaître une femme nue devant elle. Jamais je ne l'ai entendue prononcer aucun des mots qui signifient de près ou de loin « faire l'amour », ils lui étaient inconnus, simplement. Elle croyait que l'islam interdit de regarder un homme embrasser une femme, de montrer ses sentiments à l'égard de son époux.

Un matin, au bout de la rue, j'ai vu mon père arriver poussant une carriole sur laquelle était posée une grosse boîte. J'ai gardé la grille ouverte jusqu'à ce qu'il soit entré, puis je l'ai suivi dans l'escalier.

Elle trône en plein milieu de la table. Notre télévision. Mon père est fier. Il se sent un peu riche.

# 9.

Assise sur une peau de mouton, sur le seuil du bâtiment, je me chauffe au soleil. Du fond de la cour me parviennent des voix.

Oui, c'est une bonne affaire, elle n'est pas très chère.

Cette voix rauque, c'est celle de Larbi. Celle plus forte de mon père lui répond. Ça m'a l'air grave. Je me lève et je marche vers eux.

Dis-lui de descendre le prix.

Larbi s'en va, franchit la grille. Revient. Fait signe à mon père de le suivre.

Je n'en peux plus. Je sors à mon tour et je les observe.

Allez je vais te l'acheter, mais tu sais, j'ai des enfants et pas assez d'argent.

Un bruit de moteur monte, remplit toute la rue. Peu à peu, les voisins sortent, font un cercle autour de l'objet du débat : une Peugeot bleue, belle comme une ronde d'enfant. Chacun y va de son commentaire, mais tous sont d'accord : Abdelkader doit acheter la Peugeote. Ils lui prêteront de l'argent s'il le faut. Elle lui plaît ? Alors elle lui revient, de droit. Mon père la couve du regard, il n'arrive pas à en détacher les yeux.

Tu pourras circuler avec, en Algérie, quand tu retourneras y construire ta maison.

Abdelkader est figé d'envie, et en même temps mal à l'aise. Il s'approche encore, caresse la tôle bleue. Une Peugeote ! Cela fait si longtemps qu'il travaille dans les usines, sur la chaîne, à construire des machines… mais il n'a jamais eu de voiture, et il ne lui était jamais venu à l'idée d'en avoir une. D'ailleurs, il ne sait pas conduire…

Comment je vais circuler avec ? Je n'ai pas mon permis. Va de ma part à l'auto-école, c'est un copain, il t'arrangera l'affaire, ne t'inquiète pas.

Autour d'eux, il y a comme un spectacle organisé, un spectacle d'illusion : encouragements, proverbes, prières, tout est fait pour pousser mon père à satisfaire son désir, à changer le rêve en réalité. C'est l'affaire du siècle ! On va trouver du *flous*. En attendant de rentrer au pays, tu pourras la laisser dans la cour. Elle sera en sécurité. Et mon père se voit au volant de sa Peugeote rouler vers la Kabylie. Affaire conclue.

Ma mère ne dit pas un mot ; elle continue à faire son ménage en secouant la tête. Mais à quoi pense Abdelkader ? Il ne sait pas lire, il n'a pas d'argent.

Un mois plus tard, mon père est allé voir l'auto-école. Et il en est aussitôt ressorti : il ne pourra pas lire les panneaux, bien sûr, et il n'a pas un sou pour payer le prix de l'inscription.

La voiture est donc restée dans la cour à briller sous la pluie et sous le soleil pendant une année. Puis mon père l'a vendue et a remboursé les voisins ; il a perdu un peu d'argent, mais il avait réalisé son rêve : il avait eu sa belle Peugeote.

Depuis, je l'ai souvent emmené à travers les villes et les campagnes dans ma propre voiture. Il me donnait des ordres, des conseils, me criait de changer les vitesses, de freiner, de tourner, là ou là. Un jour, il a ri : dire que je voulais passer mon code sans avoir jamais appris à lire !

## 10.

Les jours de lessive, les femmes se levaient à six heures du matin. Chaque lundi, dans toutes les familles, enfants et adultes se dépouillaient de leurs hardes bien crasseuses d'ouvriers et d'écoliers. Les femmes emportaient leur linge, sortaient dans la cour et se rendaient ensemble dans une vieille cabane au fond du terrain.

Le *khanoun* avait été préparé la veille par Aïcha. Elle mettait un monceau de vieux bois, du papier journal. À côté du feu, une grosse lessiveuse remplie d'eau. Elles mettaient d'abord le blanc, c'est-à-dire les draps, les serviettes et les torchons dans un grand baquet rempli d'eau froide. Elles le remplissaient d'eau, seau après seau, depuis le seul robinet du taudis, qui se trouvait sous l'escalier en pierre. Elles y jetaient de grosses poignées de savon de Marseille qu'elles avaient découpé en petits morceaux.

Yassina, as-tu bien laissé tremper le linge ?

Aïcha, Djamila et Yassina se chargent toujours des premières lessives. Elles lavent leur linge mais aussi celui des autres habitants. Dans la fumée du *khanoun*, Aïcha s'apprête à faire dégorger le linge, Yassina place les planches à laver. Djamila arrive, une bouteille d'eau de Javel à la main. Accroupies, les voilà toutes les trois au travail, le dos courbé, la robe relevée, le front mouillé de sueur.

Elles rient, elles se racontent leurs rêves, en cherchent le sens.

Dans leurs mains abîmées, les brosses de chiendent s'animent, frottent les tissus, leur font cracher la crasse. Des paquets de mousse noire flottent sur le baquet. Elles tapent de plus en plus fort sur les toiles, les pressent, les tordent entre leurs mains. Il fait de plus en plus chaud, dans ce cabanon. Elles luttent contre la fatigue, la chaleur, les douleurs. Leurs mains sont rouges, violettes, leurs yeux larmoient, elles résistent et chantent.

Allez ! Plus vite, mets la lessiveuse sur le feu.

Tu es trop rapide, lave bien, le linge n'est pas encore propre.

Rajoute du savon, il en faut *besaf*, il n'y en a jamais trop.

Djamila dispose le linge autour du champignon de la lessiveuse et tasse. Toute la crasse est là. Les mains nerveuses d'Aïcha empoignent le baquet, le soulèvent ; elle tend les bras devant elle et sort. Elle part jeter l'eau immonde dans les canalisations. Ouf, dit Aïcha dans un souffle.

De nouveau, c'est la corvée d'eau, Yassina tire de l'eau au robinet une fois, dix fois, quelquefois plus. Porter les seaux, les déverser…

La lessiveuse est en place, le linge bout durant de longues heures. Comme un volcan, elle entre en éruption. Des jets bouillants sortent du champignon de la lessiveuse. Des billes d'eau coulent le long du métal brûlant. Une bonne odeur de propre s'élève, se diffuse, encense le bidonville.

Des heures ont passé. Aïcha et Djamila attrapent chacune une poignée de la lessiveuse et la vident dans une grande cuve en aluminium. Elles ajoutent de l'eau froide. Il doit être plus de dix heures, peut-être onze, elles ne voient pas le temps passer. Yassina va chercher du café et des gâteaux. Ça sent bon, mais Djamila ne se laisse pas tenter. Elle veut avoir fini d'abord, elle veut avoir le linge le plus propre du bidonville. Et puis, il y a encore la couleur à faire.

Les autres femmes arrivent en renfort pour aider. Elles se mettent au travail, à genoux, et c'est l'heure de chanter, aussi. Elles malaxent le linge de toutes leurs forces, puis le balancent dans le bac rempli d'eau propre. Elles sont si adroites qu'elles semblent jongler avec leur brosse et leur savon.

On se lève, on renoue les foulards, on s'accroupit et on reprend le travail. On bavarde : une voisine enceinte, un mari radin, un plat trop salé, le mariage d'un frère – téléphone arabe autour d'une lessive. Il faut aider une femme malade ? Veiller sur un enfant ? On peut compter sur les laveuses. Aïcha, une lueur au fond de ton regard révèle que tu es généreuse. Tu aides les femmes tout juste arrivées, venues rejoindre leurs maris. Celles qui sont dans la souffrance et dans l'isolement. Tes sœurs d'exil, groupées dans ce lieu, oubliées.

Les draps sont lourds et rêches, longs et larges. Les brosses passent et repassent sur toute leur surface. Il faut la puissance de plusieurs bras pour les tordre. Une femme se met à chaque bout et on balance le drap dans l'eau de rinçage. Debout, Aïcha et Djamila, le drap dans les mains, se penchent sur la cuvette remplie d'eau et bombardent d'eau les toiles. Le visage moite de sueur, les dents serrées, elles crient d'arrêter. Yassina et Fatma leur prennent les énormes draps des mains et recommencent le lavage, le souffle bloqué. Elles secouent les draps à deux avant de les poser sur le fil à linge.

Le cabanon des lessives était une boîte à courant d'air. Les femmes y attrapaient angines, bronchites, grippes ; elles appelaient ça le mauvais œil, *aleïne*. La première eau était glacée, la deuxième brûlante ; quand elles y plongeaient les mains, des millions d'aiguilles leur transperçaient la peau. Mais, le lendemain, elles allaient respirer leur linge propre, et elles étaient heureuses.

Est-ce qu'elles ont regretté leur cabanon, ces esclaves de la lessive ? Je ne crois pas. Quand elles sont parties habiter dans une HLM, elles ont aussitôt acheté à crédit une machine à laver.

## 11.

Un jour, après une semaine de pluie ininterrompue, la cour a été noyée. L'eau était mêlée d'une boue noire et puante qui remontait des égouts bouchés, s'accumulait, montait vers les bâtiments, rongeait le bois des portes.

Aïcha et Fatma ont décidé de vider la cour.

Le lendemain à l'aube, elles se sont armées chacune d'un seau ; elles puisaient l'eau boueuse et sortaient la déverser dans la bouche d'égout qui se trouvait de l'autre côté de la rue. Chaque fois, leur voyage les conduisait devant les maisons où des gens menaient bien à l'abri une vie paisible et confortable. Aïcha et Fatma levaient la tête et voyaient des fleurs de toutes les couleurs, des pelouses vertes, des toits gris, des fenêtres pareilles à des miroirs. Entre elles et les jardins se dressaient de hautes grilles, noires ou vertes.

Elles sont là, avec leurs seaux dégoulinant de boue, les robes mouillées, les mains noires.

Les Français vivent dans le *djenet*, le paradis, pense Aïcha. Un jour, j'aurai moi aussi une maison au toit gris. Elle lève les yeux au ciel et demande à Dieu d'entendre sa prière.

Un homme est sorti de chez lui et les observe depuis le seuil de sa porte. Voilà les bohémiennes du 100 ! Aïcha a l'impression qu'il lui veut du mal. Elle le regarde du coin de l'œil, tête baissée. Il a de grands yeux noirs sous d'épais sourcils et un nez crochu, des dents jaunes. Ses manières sont moqueuses, et il se met à rire en la fixant. Il a une voix forte et un accent du Sud. Peut-être vient-il d'Algérie. Il rit et se moque des deux femmes. Puis il voit le regard d'Aïcha et cesse de rire.

C'est pas malheureux de voir ça, ces sales Arabes qui nous déversent leurs saletés. Je vais appeler la police ! Je vais vous faire expulser dans votre pays de bougnoules. Vous nous avez chassés d'Algérie, moi je vous ferai partir de France !

Il hurle, et Aïcha ne comprend pas tout. Elle continue à le fixer d'un regard hostile et inquiet.

Il y a un silence, puis soudain il se rue vers les deux femmes. Aïcha et Fatma jettent leurs seaux et s'enfuient vers la grille qui grince sur leur passage.

Aïcha a honte d'avoir eu peur. Je n'aurais pas dû

fuir comme ça. Elle enrage d'avoir été humiliée par cet homme laid qu'elle n'a jamais vu.

À cet instant éclate un hurlement accompagné d'un grincement. Aïcha n'a pas le temps de se retourner qu'elle reçoit sur sa robe un seau d'eau rempli d'eau sale. Elle bascule et tombe sur le sol.

Aïcha ravale sa colère ; une femme n'insulte pas un homme.

Mais le voilà au-dessus d'elle, debout. Il brandit un bâton et vocifère, puis il lui donne un coup dans les jambes. Personne ne peut aider les deux femmes, car, à cette heure, les gens du bidonville dorment encore. Pourtant, voilà que surgit en trombe Yassina armée d'une chaise qu'elle brandit à bout de bras ; elle fond sur l'agresseur et le frappe à la tête. Il continue à vociférer des menaces, mais en même temps, prudemment, il bat en retraite et regagne la rue, son jardin, sa maison.

Qu'il aille au diable ! Dieu le punira.

Aïcha a la robe déchirée et pleine d'eau noire, les cheveux décoiffés. Elle se frotte la jambe. Sans toi, il m'aurait tuée.

Les femmes vont au robinet se laver. Tu lui as fait peur, toi, une femme, tu l'as fait partir d'ici en l'assommant, je suis fière de toi, Yassina ! Elle regarde de l'autre côté de la rue, les jardins verdoyants et les toits gris. Elle entend sonner les cloches de l'église. Il est sept heures et demie, l'heure de réveiller les enfants.

À quoi penses-tu avec cette tête-là ? demande Yassina.

Je viens de comprendre que les hommes sont des heureux, *reoïfine,* et je pense à Soliman.

Elles se regardent et, ensemble, partent d'un grand fou rire.

# 12.

Elles attendaient mon retour de l'école. Dès que j'avais franchi la grille, elles venaient à ma rencontre avec des feuilles de papier et des enveloppes.

Tu arrives bien, tu vas nous écrire des lettres, tu te souviens, tu nous as promis. Cela fait deux mois que je n'ai pas donné de nouvelles à la famille.

Je m'asseyais chez Yassina, devant une petite table basse. Son mari venait de partir à l'usine, car il travaillait en équipe de nuit. Il ne fallait pas qu'il soit là, surtout pas. Il n'était pas question de dire aux maris quoi que ce soit. C'était un secret de femmes.

Les autres arrivaient une à une, attendaient patiemment leur tour.

Pour beaucoup, l'arrivée en France avait été un grand choc. Elles avaient quitté leur terre, choisi l'exil, et le sacrifice devait être compensé par une montée sur l'échelle sociale ; ceux qui étaient restés au bled devaient envier leur réussite, admirer leur courage. Elles devaient raconter leurs succès, ne pas soucier les familles. Épreuves, difficultés, humiliations, il fallait ne rien dire. L'échec était le déshonneur et les jugements seraient sans pitié, aucune compassion n'était à attendre. Je devais n'écrire que les bonnes choses.

Yassina, que veux-tu dire à ta sœur :

Écris ce qu'il faut, que tout va bien, que je suis bien. Dis-lui que je mange bien. Que les enfants ont grandi, que *frança* est belle et que je vis dans une belle maison. Et demande-lui des nouvelles de la famille. Dis-lui aussi que je prie pour la faire venir un jour ici. Demande-lui combien de litres d'huile d'olive ils ont pu vendre cette année.

Toutes les lettres, je les commençais de la même façon :

Chère sœur,

Je t'écris ces quelques lignes pour te dire que je suis en bonne et heureuse santé. J'espère que cette lettre vous trouvera tous en bonne santé. J'espère que ma mère a une bonne santé, toi aussi, que la famille va bien. Ici, on est tous très bien. Petits et grands nous sommes en bonne santé. Si tu veux quelque chose, tu peux compter sur moi. On va essayer de venir vous voir. Comment va le bébé ? Comment va ta santé ? Est-ce que ton fils est marié ? Surtout, il doit se marier, et choisis-lui la plus jolie des filles. Les cousines de l'oncle Rabat sont jolies. Tu feras du bien, car elles viennent de perdre leur mère ou une grand-mère.

Et je terminais de la même façon :

Je vous passe le bonjour, le bonjour à toi, ton mari, tes enfants, l'oncle, la tante, le cousin, les cousines, les tantes de ma mère, les frères, leurs femmes et leurs enfants, les voisins – chacun était cité par son nom, petits et grands. Si Dieu veut, l'année prochaine, on viendra vous voir.

De temps en temps, elles glissaient dans l'enveloppe un petit billet pour aider une mère, un frère à acheter des médicaments. Jamais de grosse somme. Puis elles me bénissaient. Peut-être leurs bénédictions m'ont-elles protégée, dans la vie qui m'attendait. Qui sait ? Le lendemain matin, avant d'aller à l'école, je timbrais les lettres et je les déposais à la poste, près de la gare, en cachette de leurs maris.

Nous avions ensemble ce secret, et j'étais consciente de sa valeur, bouleversée par leur confiance.

## 13.

Il était comme neuf; peint en blanc, la selle brillante, les freins refaits. Mon père l'avait trouvé dans la rue, abandonné, l'avait retapé et me l'avait offert ; mon premier vélo. J'avais douze ans. Un peu plus tard, il m'a donné un pantalon en me recommandant de le porter sous ma jupe chaque fois que je roulais.

Tout à coup, mon rayon d'action a décuplé. Mon père m'avait ouvert les portes de la liberté.

Chaque jeudi après-midi, je partais pédaler dans le quartier, de plus en plus loin. Je regardais le soleil qui s'éloignait de moi au fur et à mesure que j'avançais. Les paysages, le ciel, les rues filaient autour de moi. En un clin d'œil, je passais d'une rue à une autre. J'oubliais qui j'étais. Je n'avais plus de nom, plus d'origine, j'étais la petite fille au vélo blanc. Par moments, je freinais et je devais regarder autour de moi : où suis-je ? Je fouillais le décor, je retrouvais mes repères et je repartais, ruisselante de sueur, le pantalon plein de poussière, le visage rougi par l'effort.

Je fuyais la rue des Grands-Chênes, vers les beaux quartiers ou vers le centre-ville. Il était interdit d'aller aussi loin, et j'avais peur de croiser mon père. Si j'apercevais un voisin du bidonville, j'accélérais, comme pour prendre mon envol. Je passais dire bonjour au curé, qui me donnait une poignée de bonbons.

Près d'un terrain vague, je regardais les ouvriers construire une cité HLM. Je ne savais pas que nous y habiterions quelques années plus tard. De l'autre côté, il y avait des pavillons tout neufs, avec vue sur le canal. Je venais là souvent, en cachette. Puis la nuit tombait, et l'obscurité m'enveloppait. C'était le moment de rentrer, car mon vélo n'avait pas d'éclairage, et ma sœur Farida m'attendait – il fallait que je l'aide à faire ses devoirs. Je pédalais en direction du taudis en rêvant au jeudi d'après.

J'aperçois au loin des lumières vives et colorées. Je roule vers elles. De la musique, des hurlements, des cris de joie, l'odeur du sucre chaud. Mon vélo et moi, nous sommes soudain au milieu d'une foule immense. Tout est scintillement, mouvement. Je m'approche encore.

Je ne savais pas ce qu'était une fête foraine. J'étais éblouie par les couleurs, attirée par la musique, par ces voix venues des haut-parleurs.

Des avions tournent autour d'un pylône, soulèvent leurs passagers, les emportent vers le ciel dans les cris de joie. Une drôle d'excitation monte en moi, je suis émue, j'ai envie de crier comme ces gens qui s'envolent. Mais je reste là, debout, incapable de bouger, dans le soir qui descend.

Je m'apprête à repartir quand j'entends un appel. Fatiha ! Un homme est devant moi, ni gros ni mince, chauve, le visage long et l'air intelligent. À son bras, il a une femme, toute droite, un petit sac à la main, des chaussures fines et des pieds dont les pointes sont tournées vers l'extérieur à la manière des danseuses classiques. Elle regarde son mari comme s'il était une star.

Je suis le papa de Sylvie, tu te souviens ?

Sylvie est une camarade de classe qui a quitté l'école pour un pensionnat religieux. L'année dernière, un jour qu'elle était malade, je suis allée chez elle lui apporter ses devoirs.

Je ne réponds pas, tant je suis intimidée, et la femme tire son mari par le bras, indifférente. Mais lui revient sur ses pas ; je le vois fouiller dans sa poche, puis il me tend une pièce. Tiens va faire des tours d'avion. Mais, mon vélo. Va, je vais te le garder. Non, non, merci. Il insiste et je cède tout à coup.

Me voilà emportée vers le ciel, à mon tour.

Je sens le vent sur mon visage et le plaisir d'aller vite, de plus en plus vite ; je tire sur les manettes, l'avion descend et je crie de joie. Je suis élastique, je ne pèse plus rien, je plane, je monte, je m'envole.

Bien sûr, cela doit se terminer, le tour est fini... Pourtant, même quand les manettes ne répondent plus à ma main, même quand je dois quitter mon avion, reprendre pied sur le sol, cette impression d'être légère me reste. Je remercie le père de Sylvie, et lui rit de me voir heureuse.

Bon il est tard, tu dois rentrer chez toi, maintenant, Fatiha.

La nuit tombe vite, et, le long des rues, je donne des coups de pédale de plus en plus forts. Je ne suis plus la petite Arabe du bidonville, la gamine timide et renfermée. Je vois d'autres chemins devant moi. Tout à coup, je comprends pourquoi les enfants sont pressés de grandir : pour prendre de nouvelles routes.

## 14.

Dans le parc, en face du presbytère, le curé a organisé une grande kermesse, avec des jeux, une chasse aux œufs, des loteries. Pour pouvoir y aller, j'ai raconté à mon père que le curé avait besoin de moi pour l'aider.

À l'entrée, il y avait les tables remplies de gâteaux réalisés par les paroissiennes. Les stands étaient alignés au fond du terrain.

Au moment de tirer la loterie, le curé a déclaré chercher une jeune fille qui donnerait les numéros gagnants. J'étais là au milieu de la foule, au milieu des visages inconnus. À côté de moi, Martine s'agitait et frétillait pour attirer l'attention du curé. Martine, qui venait en classe avec un manteau assorti à ses chaussures et qui portait toujours un chapeau de feutre bleu marine qui lui donnait un air de femme riche.

Mais le curé ne s'est pas arrêté devant elle. Il s'est arrêté devant moi, m'a prise par le bras et m'a conduite jusqu'à la scène. Soudain confrontée à ces centaines de regards, je me suis glissée derrière lui, à l'abri de sa soutane.

Tu n'es pas venue là pour te cacher ! Allez, sors, Fatiha.

Il me tend une grosse boîte en carton ; je dois prendre les boules une à une et annoncer les numéros en criant très fort. Moment d'excitation. On regarde son bout de papier. On soupire, on le déchire. Ou bien on saute de joie et on court sur scène prendre son cadeau. Quand tout est distribué, la foule s'éparpille, et je descends de mon estrade.

Voilà qu'une dame âgée passe devant moi, chargée des lots qu'elle a remportés. Mais tu n'as rien gagné, toi ! Je n'avais pas de billet, ce n'est pas grave. Tiens, prends ce que tu veux. Vraiment ? Je tends le bras vers la plus petite boîte. Elle sourit et, d'un geste, me tend tous ses cadeaux. Le curé s'amuse de me voir couverte de paquets. Une autre dame intervient, sa fille, sans doute. Tu ne vois pas qu'elle va tomber avec toutes ces boîtes dans les bras ? Eh bien, aidons-la à les porter et ramenons-la chez elle en voiture.

La panique me tombe dessus. Chez moi : 100, rue des Grands-Chênes... Elles vont voir où j'habite, elles vont savoir que je ne suis pas ce qu'elles croient. D'un seul coup, je lâche tous les paquets. Tu n'es pas contente ? Qu'est-ce qui se passe, petite ? Merci, merci beaucoup, mais je ne peux accepter.

Les dames me dévisagent, perplexes. Il y a beaucoup de monde autour de nous, maintenant, des femmes, des hommes et des enfants. Je me mets à courir et je fuis la kermesse, en larmes. Je ne suis pas prête pour tant de cadeaux, tant de gentillesse.

Tout le temps du trajet, je me sens malheureuse, tellement malheureuse, jusqu'à me trouver devant la grille rouillée. Là, je me calme d'un coup ; d'être parmi les miens, cela me rassure, et je veux oublier. Mais cette nuit-là, ma mère vient me trouver, inquiète. Elle dit que, dans mon sommeil, je répète des « merci » en secouant la tête. Elle me réveille et, les yeux bien ouverts, je revois les visages de ces femmes, leur expression de stupeur, face à ma peur.

## 15.

Un matin, à l'arrivée devant l'école, j'ai senti mes épaules agrippées par des mains qui me serraient comme des griffes. Une femme me retenait, et s'est mise à me secouer de toutes ses forces. Tu as sali la jupe de ma fille, criait-elle, c'est toi qui l'as fait, sa jupe est sale, toute sale, à cause de toi, à cause de cette peinture orange, sur tes mains. J'étais si humiliée que je ne réagissais pas. Je ne savais que baisser la tête en cherchant à me dégager de sa poigne de fer, mais la femme était si grosse que je me sentais broyée sous ses mains. Et elle continuait : sale gosse, sale Arabe, rentrez chez vous, je vais te faire voir ce que les Français font aux Arabes. Ces mots, je ne les comprenais pas : pourquoi me disait-elle que j'étais sale ? Que j'étais arabe ? Ce n'est pas vrai, je suis propre et je suis française ! Elle s'est mise à me taper sur la tête et moi à crier.

À ce moment, la maîtresse est apparue. On l'appelait Mademoiselle parce qu'elle n'était pas mariée, même si elle avait plus de quarante ans. Sous son tablier, elle portait des tailleurs de crêpe bleu ou gris, un collier de perles blanches et des ballerines noires. L'élégance à la française. Elle avait le visage doux et souriant, mais elle ne se laissait pas faire.

Mademoiselle a repoussé la folle et lui a donné l'ordre d'arrêter, mais celle-ci a répété que j'avais sali la jupe de sa fille avec mes sales doigts pleins de peinture orange. Mademoiselle m'a pris les mains, les a frottées sur son tablier et a dit : le henné ne déteint pas sur les vêtements ; votre fille, madame, s'est salie en faisant de la peinture ; elle vous a inventé cette histoire et a accusé sa camarade pour ne pas se faire punir. Je vous demande de vous excuser et de partir.

La main de Mademoiselle sur mon front était fraîche, apaisante. J'étais une bonne élève, une élève sage, et j'avais honte d'avoir été traitée de sale Arabe devant tout le monde. Honte, aussi, d'avoir attiré la compassion. Je me sentais coupable, je ne sais toujours pas de quoi…

Après ce jour, je suis devenue la favorite des institutrices, une « chouchoute ». Et les mamans me souriaient, quand elles me croisaient dans la rue. J'ai eu de nouvelles camarades. Quand on me remettait un prix, à la fin de l'année, on me présentait aux parents. Cette jeune fille trouvera sa place, disait-on, nous en sommes sûres. Mes institutrices étaient mes modèles, mes complices.

# 16.

La maison de Mme Martin était plutôt modeste, mais, à onze ans, je trouvais qu'elle ressemblait à un palais. Elle se trouvait au bout d'une allée bordée de roses de toutes les couleurs, non loin du canal de l'Ourcq. En plein milieu du jardin, il y avait des poissons rouges dans un bassin.

Mme Martin était mon professeur de français ; elle m'invitait à prendre le goûter chez elle une fois par semaine.

Son palais était rempli de parfums ; il y avait des rosiers grimpants sur tous les murs ; des rosiers buissons dans tout le jardin. Le moindre bout de terre en était couvert : roses rouges, roses blanches, roses jaunes. Quand il pleuvait, leur parfum se posait sur mes mains, mes cheveux, mon corps ; j'en étais imprégnée. Mon imagination m'emmenait en voyage dans le monde des fleurs, de la terre et de la pluie.

Mme Martin m'invitait à cueillir ses roses, mais je les préférais enracinées.

Mon professeur de français avait gardé son esprit d'enfant. Elle était gaie, proche de ses élèves, de moi en particulier, qu'elle semblait vouloir protéger. De toutes mes camarades de classe, j'étais la seule à être invitée à entrer dans sa maison. Elle avait un fils et une fille. Sophie, de trois ans plus jeune que moi, était une petite blonde aux traits fins, aux yeux d'un bleu si clair que j'avais l'impression de voir son âme au travers. Son fils aussi était blond, avec un air de bébé. Sophie jouait du piano, de mieux en mieux chaque fois que je venais. Dans sa chambre, il y avait des poupées en porcelaine rangées sur une étagère. Quand j'avais terminé de faire mes devoirs sur le bureau de Sophie, je sortais sur la terrasse respirer l'air parfumé des roses multicolores.

L'année suivante, Mme Martin n'a plus été mon professeur, mais je venais tout de même chez elle parler avec elle de l'histoire de France, de voyages, de poèmes. Elle avait planté de la lavande dans son jardin. J'en cueillais de sa part pour ma mère, qui la mettait à sécher et en glissait des brins dans les poches des manteaux.

Mme Martin me raccompagnait jusqu'à sa porte, et nous demeurions là de longues minutes, silencieuses, à nous regarder, puis elle m'embrassait et me faisait promettre de revenir la semaine suivante.

Parfois, elle sortait pour moi de ses placards un chemisier, un pull, une robe. Il m'arrivait de porter en classe les vêtements de mon professeur. C'était un secret entre nous. J'étais son troisième enfant.

Une fois, j'ai pensé demander l'inviter chez moi en retour. Puis j'ai renoncé ; il y avait ce taudis.

Jamais Mme Martin ne m'a parlé de mes origines, ni de mes parents. Deux ou trois fois, je suis rentrée tard à la maison. Mon père me grondait. Tu as vu l'heure ? Si ça continue, je t'interdis de retourner chez Mme Martin. Mais je savais le faire changer d'avis. Je prenais un air doux et je sortais mon cahier de poésie pour lui lire quelques vers. Il écoutait, il souriait et oubliait aussitôt sa colère. Il brillait de fierté. Tu sais lire ! C'est bien, tu dois remercier Mme Martin, elle fait tant pour toi.

J'allais aussi chez le docteur Roger, de temps en temps. La première fois, c'était pour y recevoir des médicaments. La femme de ménage m'a ouvert la porte, et m'a dévisagée d'un regard sévère. Qu'est-ce que tu fais là, toi ? Le docteur Roger est apparu dans le couloir et m'a fait signe d'entrer. La femme a crié que je marchais sur le parquet ciré sans patins, mais il n'en a pas tenu compte. Il m'a fait entrer dans son cabinet, a rempli mon sac de coton, d'alcool, de pommades, d'aspirine. Puis il m'a emmenée dans la cuisine boire un grand bol de lait.

Je suis revenue, encore et encore. Le docteur Roger me donnait des boîtes d'aspirine pour soigner les migraines de ma mère, qui étaient de plus en plus fortes et de plus en plus rapprochées.

Un jour, j'ai osé aller plus loin dans le couloir, jusqu'aux appartements privés, en me faufilant comme un chat pour ne pas attirer le regard de la bonne. J'étais sur le seuil d'un salon. Les rideaux étaient d'un bleu magnifique, il y avait des lampes sur tous les meubles, des canapés en velours, une table brillante.

Le docteur Roger avait deux enfants, dont on disait dans le quartier qu'ils étaient gâtés. Ils étaient là, dans ce salon. Beaux et distingués, habillés de vêtements anglais, chaussés de souliers assortis. Je me tenais derrière la porte et je les regardais jouer, jalouse de leur blondeur, de leur maigreur. Ils m'ont vue et m'ont invitée à jouer avec eux. Je suis restée. Après cela, je suis retournée souvent les voir. Mais je gardais envers eux cette envie, cette honte de moi.

Un jour, ma mère m'a demandé de ne plus y aller. Elle avait compris que j'étais malheureuse avec les enfants du docteur Roger, et pourquoi. Je me suis mise à pleurer. Je déteste cet endroit, je déteste cette vie ; plus tard, j'aurai une belle maison et j'inviterai chez moi les gens riches.

Ne déteste pas ta famille. Ce n'est pas bien.

Mais tu ne sais pas : ailleurs, les maisons sentent bon. Tu serais heureuse de vivre dans des maisons bien chauffées, bien décorées.

Ma mère rit et me prend les mains. Un jour tu auras une maison comme ça et je viendrai habiter avec toi. Quand je serai grande, j'achèterai la maison de Mme Martin et celle du docteur Roger, toutes les deux. *Inchallah*, je sais que tu pourras avoir de belles maisons.

Elle est si fatiguée. Son visage est blanc, elle a mal à sa tête. Elle va couper des rondelles de pommes de terre et se les place sur le front. Cela soigne la migraine. Elle est couchée sur le matelas, elle ferme les yeux. Je croyais qu'elle était malade d'être restée éveillée la nuit pour soigner les petits.

## 17.

Je regarde les étoiles, l'air est chaud comme le soleil du désert sur mon visage. Quand je pense à mon enfance, je suis aspirée vers le ciel, comme pour revoir ceux qui m'ont quittée. Je rêve qu'ils sont revenus près de moi. Je cours à travers une ferme, dans les champs, et j'attrape le bonheur dans mes mains. Je veux le posséder, le garder. Je ne veux pas le voir partir. Je pense à mon père qui a tant travaillé, et je soupire de rage.

Je suis sur la tombe de ma mère, en décembre 2007 à Béjaïa avec mon frère Hafid. Il pleut, il fait froid. La pierre est sur une colline qui domine la mer Méditerranée. Mon frère et moi allumons deux bougies. Fille et fils de Djamila, nous sommes des parents à notre tour. Je n'en veux plus à personne, car j'ai reçu ma part d'amour.

Ma mère est à genoux devant le poêle, à souffler

sur les braises, les yeux rougis par la fumée, la peau chauffée par la flamme, elle souffle de toutes ses forces pour rallumer le feu. Plus tard, je paierai quelqu'un pour faire ce travail à ta place.

*Salaens* je me libérerai de toi. Un moment encore et je partirai, je laisserai derrière moi ces pièces envahies par les araignées. Je ne veux pas mourir de cette maladie qu'on appelle pauvreté. Je ne me laisserai pas enterrer vivante sous le poids des traditions. Je suis torturée par l'absence de celle que j'aime. Mais je m'éloigne, et je laisse grandir cette petite fille, je la laisse se changer en femme.

## 18.

Après sa mort, il m'est devenu difficile de me rappeler son visage. C'est seulement aujourd'hui que l'image de ma mère me revient, et je la retrouve soudain dans les traits de mes sœurs. Elle était petite et frêle, elle souriait tout le temps, pour cacher ses souffrances sous un masque.

Djamila était fière, comme toutes les Kabyles. Elle ne pouvait pas lire mes bulletins scolaires, mais elle fouillait dans mon cartable, reconnaissait la feuille de papier et me demandait quelles notes j'avais. Quand je lui annonçais un 10, elle souriait en silence.

Ma mère aimait écouter les poésies que je lui récitais, elle aimait me regarder écrire. Je l'ai surprise un jour devant mon livre d'histoire ; elle regardait les images en caressant les pages l'une après l'autre.

Elle me demandait souvent de lui lire mes dictées à voix haute. Elle écoutait, inclinait de temps en temps la tête, son visage paraissait celui d'une petite fille. À ces moments, j'étais la maîtresse et elle l'élève.

Apprends-moi l'alphabet. Elle s'applique à écrire : Djamila. Le silence est lourd, elle s'applique et me demande : j'ai bien écrit les lettres ?

Une fois, elle m'a parlé des voyages qu'elle aimerait faire avec moi, plus tard. Elle commençait toujours par un éclat de rire. Nous nous mettions à rire ensemble, sans pouvoir nous arrêter. J'avais douze ans, elle en avait à peine trente.

Mon père, avec sa grosse voix, nous demandait pourquoi ces rires, et nous ne répondions pas, c'était un secret entre elle et moi.

J'ai hérité de son sourire. C'est son sourire qui m'a permis d'ouvrir les portes pour entrer dans des lieux où personne ne m'attendait. J'entends les paroles de Djamila et, plus de trente-cinq ans après, je ne les ai pas oubliées. Elle disait : tu réussiras, et surtout sois heureuse. Si tu rencontres des obstacles, contourne-les mais surtout reste libre et avance. Des mots que je répète à Lamia, ma fille, héritière d'une longue lignée de femmes combattantes.

Hier, la fièvre l'a clouée au lit. Elle dit qu'elle va essayer de se lever, pour s'occuper des enfants, de ses huit enfants. Elle a trente-deux ans. En ce temps-là, je ne savais rien de son histoire. Je ne savais pas qu'elle avait rêvé de devenir institutrice.

# *Troisième partie*

# 1.

Elle écoute battre son cœur jusqu'au plus profond de son être. Elle a un pressentiment. Bientôt, l'agent des PTT entrera dans la cour. Bientôt, il lui remettra un télégramme.

Il est sept heures du matin, ce mois de septembre 1973, le 3. Dans la grande cour glacée, Aïcha se trouve seule à regarder la rue luire de pluie. Bientôt, les enfants se réveilleront, réclameront un morceau de pain et du lait. L'odeur du café se répandra jusque dans la cour. Les habitants du taudis s'éveillent un à un. Les femmes font déjà la queue devant le robinet unique installé sous l'escalier.

Aïcha ouvre la grande grille rouillée qui grince sur ses gonds ; dans un instant, elle sera face au messager de la mort. Dans la rue passe une femme, puis un homme, tête baissée sous le vent, marchant d'un pas pressé vers la gare.

Djamila est à l'hôpital depuis cinq mois. Cinq mois qui ont fait d'Aïcha une autre femme. Depuis une semaine, elle a à peine quitté la chambre de Djamila. Pendant une semaine, elle est restée à ses côtés jour et nuit. Elle a dormi près d'elle.

Je suis là, Djamila, dit Aïcha. Je vais rester quelques jours ici, les médecins sont d'accord. Elle regarda sa fille, les yeux éteints, les pupilles dilatées, remplies de terreur. *Yemma*, tu es venue. Ses cheveux noirs et fins tombent sur son front ; d'un geste doux, sa mère les repousse. Djamila a trente-deux ans.

Je t'ai apporté du couscous, je l'ai fait comme tu l'aimes avec des légumes frais et de la viande de mouton. Je meurs, *yemma*. Mes enfants, surtout la petite, tu t'occuperas d'eux. Tu ne vas pas mourir, Djamila. Tu iras mieux dans quelques jours, les médecins s'occupent bien de toi.

Djamila a froid, elle se sent glacée ; elle pèse trente-cinq kilos, maintenant. Elle cherche à se réchauffer en se rapprochant de sa mère. Il fait grand jour, mais on a baissé les stores. Dans cette chambre d'hôpital, l'air est fétide ; une autre malade dort à côté de Djamila, elle aussi atteinte du cancer.

Aïcha entend pleurer près d'elle ; c'est Mousse, son fils de vingt-neuf ans, qui l'a conduite à l'hôpital en voiture. Il pleure parce qu'il souffre de voir sa sœur souffrir. Aïcha ne se tourne pas vers lui. Elle cherche au plus profond de son être la force de continuer. Elle parle à Djamila du pays, des enfants, surtout de la plus petite, Saliha, qui commence à marcher à quatre pattes. Avec calme et résolution, elle prend la tête de sa fille et tente de la faire manger. Elle veut qu'elle vive. Mais aucune bouchée ne peut plus entrer entre ces lèvres fermées et froides. Aïcha reste ainsi de longues heures, la tête de sa fille sur son bras. Elle garde son regard attaché à celui de sa fille. Elle se met à chanter une berceuse kabyle. Elle prie que Dieu l'entende. *Sidi Abdelkader djilali, feque chefa eh Djamila*, guéris Djamila ! Elle répète inlassablement cette prière.

Aïcha n'espère plus rien de personne ni même de Dieu depuis qu'elle a quitté l'hôpital, la veille au soir. Elle n'a pas dormi, elle a épié les moindres bruits de la nuit et attendu que le jour se lève.

Maintenant, elle se jette dans les yeux de l'agent des PTT et lui demande de lui lire le message, mais il ne comprend pas. Elle parle dans un kabyle mélangé de quelques mots de français : *Kela hié ta belat*, lis-moi la lettre. L'homme sur sa Mobylette ne comprend pas ce que cette femme dit. Alors Aïcha prend le bout de papier et lui parle par signes. Ah ! L'homme déchire le télégramme, baisse les yeux et aussitôt détourne la tête. Cette histoire qui ne le concerne pas lui met les larmes aux yeux. Sa bouche tremble, il retient son souffle, et relit les mots à voix haute :

Madame Djamila B. est morte, à une heure du matin.

Ce n'est pas vrai que tu sais lire ! Mais où as-tu

appris à lire ? Tu n'es jamais allé à l'école ! crie Aïcha en kabyle. Tu te trompes de nom, tu te trompes d'adresse ! Et elle lui prend le bras, lui ordonne de partir, âme damnée.

L'homme à la Mobylette a disparu. Elle sait que c'est vrai. Elle a entendu le nom de sa fille à côté du mot morte. Morte, elle connaît le mot français. *Tmout* en kabyle, *matete* en arabe.

Petit à petit, les voisins sortent, se groupent autour d'Aïcha. Fatma, Barka et Leïla les Marocaines, puis leurs époux, puis Houria, Yassina, Doumia, Luisa les Algériennes, Hamouda et Drissa, les Tunisiennes. Ils ont compris que Djamila, la fille d'Aïcha, était morte, et qu'on ne pourra pas prévenir Abdelkader avant un bon moment ; il est parti travailler à cinq heures ce matin. Tous savent Djamila atteinte d'une grave maladie. Le cancer. Peu importe le nom, pour eux, c'est le destin : la mort frappe à toutes les portes ; elle emporte l'homme dans un au-delà où Dieu donne le bonheur à tous.

Aïcha, écrasée de douleur, essaie d'accepter ce qu'elle sait depuis toujours. La mort de l'homme est inscrite dans son corps depuis sa naissance. Barka la Marocaine le dit : elle a vu l'écriture de Dieu sur le corps des hommes, un jour, au cimetière de son village. L'ouvrier d'entretien déterrait des morts inhumés depuis de nombreuses années, les enveloppait d'un fin tissu blanc et les installait au fond de la tombe de façon à faire de la place aux futurs défunts de la famille. Barka a vu un crâne sur lequel étaient inscrits des signes. Ils racontaient l'histoire de l'être humain auquel avait appartenu cette tête morte. Tout est écrit, dit Barka. Ton nom, ton destin, le nom de ton époux, de ton épouse, le nom des enfants, la liste des épreuves, des maladies, tout est écrit sur ta tête. Seuls les imams peuvent traduire cette écriture mystique. Barka s'attarde sur son histoire, si bien qu'on dirait une prophétesse. Après chaque phrase, elle s'interrompt pour adresser une prière à Dieu, pour implorer son pardon d'avoir livré un tel secret.

Aïcha est brisée. Elle se jette à terre, se frappe le visage, les cuisses. Ces gestes, elle les a déjà vu faire par les femmes du village, en Kabylie. Elle ne savait pas qu'ils seraient siens, un jour, elle se croyait capable de résister à toutes les douleurs. Mais elle est comme une pierre qui éclate en se fracassant contre une autre pierre.

Maintenant, elle se révolte : voir mourir son enfant est injuste ; voir mourir son enfant est contraire à l'ordre du monde. Qu'a-t-elle fait pour subir une telle injustice ? Que vont devenir les enfants de Djamila ?

Remets-toi à Dieu, murmurent les voisines.

Mais où est Dieu ? N'a-t-il pas entendu ses prières ? Pourquoi n'a-t-il pas sauvé son enfant de la mort ? Pourquoi était-il pressé d'ôter la vie à une mère ? Une mère de trente-deux ans dont la dernière enfant n'a que cinq mois. Comment va-t-elle survivre ?

Laissez-moi seule, laissez la souffrance me déchirer, me broyer. Aïcha perd connaissance ; elle tremble, la voilà saisie de convulsions. À terre, dans la boue de la cour, elle s'abandonne ; les femmes l'entourent, la soulèvent, l'emportent chez elle et la lavent sans dire un mot.

Comme pour une cérémonie, les femmes sont groupées autour d'Aïcha et récitent des prières en l'enveloppant d'une couverture. Des heures s'écoulent, les femmes pleurent, les enfants se cachent et les hommes regardent le sol en refoulant leurs larmes.

Soudain, Aïcha, telle une possédée, se redresse, écarte la couverture et se lève sur ses jambes chancelantes. Elle se rue au-dehors jusqu'aux latrines, derrière la maison. Indifférente à la puanteur, elle vomit, encore et encore. Lorsqu'elle sort de là, elle est comme vidée de sa souffrance.

## 2.

Aïcha a réuni ses petits-enfants. Ils sont tous là, adossés contre le mur, et tous pleurent en silence, sauf Saliha le bébé, qui s'amuse à taper le sol avec une cuillère en bois, comme pour appeler une mère qu'elle ne connaîtra pas. Peut-être sent-elle encore sa présence, encore un peu, avant que l'ombre ne s'efface sur le chemin de l'au-delà.

Aïcha posa sa main sur l'épaule de Hanifa, une petite brune aux yeux vifs. À côté d'elle, il y a Hafid, et puis Karim, qui se suicidera à l'âge de vingt-huit ans. Elle reste là avec les huit enfants de Djamila. Aïcha ne voit pas leurs petits visages gris ni leurs regards effrayés. Elle a dépassé sa douleur, il lui reste le courage et la détermination, il lui reste les orphelins.

Un oncle entre dans la pièce, un sac de nourriture à la main. Il voit les enfants pleurer et s'emporte contre eux. On ne pleure pas, chez nous. Dieu a rappelé votre mère car il avait besoin d'elle. Il s'adresse à l'aînée : dans notre famille, nous ne pleurons pas. Le silence règne dans la pièce, à présent. Seuls les yeux des enfants interrogent. Mais aucune plainte n'est plus prononcée. On ne doit pas montrer sa peine ; tout va bien, *ahm doula*, merci à Dieu.

Les traditions m'interdisaient de pleurer ma propre mère.

Je me suis mise à crier, à insulter cet homme qui me parlait des traditions. J'aimais crier, surtout contre les hommes. C'était une manière de venger ma grand-mère. J'ai crié contre cet homme et je lui ai jeté les pommes qu'il apportait à la figure. Sors d'ici, et ne reviens plus jamais nous voir, d'ailleurs nous ne t'avons jamais vu et je ne te connais pas ; sors et reprends ton sac, nous n'avons besoin de rien.

Il est reparti en hurlant que j'étais envoûtée.

Assis sur une couverture, les enfants de Djamila avaient compris que leur mère ne reviendrait jamais. De ce jour-là, le mot maman a disparu de leur vocabulaire. Il était interdit de le prononcer. *Arham.*

Nous étions le 3 septembre 1973. Longtemps j'ai oublié ce jour. Quand mon fils Nacim et ma fille Lamia ont vu cette date inscrite sur la tombe de leur grand-mère Djamila, Nacim m'a fait remarquer qu'il s'était marié un 3 septembre. Je l'avais oublié. J'ai songé que ma mère avait voulu nous faire un signe, nous dire qu'elle était encore là, et qu'elle nous protégeait. Elle nous disait que, toujours, la vie reprend le dessus.

# 3.

Deux femmes se présentent devant la grille rouillée, deux femmes sont entrées dans la cour. La nouvelle de la mort de Djamila s'est répandue en dehors du bidonville, dans toute la rue des Grands-Chênes. Deux voisines qu'Aïcha ne connaissait pas sont venues lui présenter leurs condoléances. Elle qui a vécu pendant toutes ces années recluse, elle ne connaît personne, dans la rue.

Depuis le départ en exil, elle n'a pensé qu'à plus de confort pour sa famille, plus de nourriture, plus de beaux habits. Elle n'a pas pensé à la mort depuis qu'elle a quitté l'Algérie. Elle croyait qu'en France la mort n'existait pas. Que les Français avait trouvé un remède contre ça. Dans le pays du général de Gaulle, on a forcément imaginé un philtre d'immortalité.

Maintenant, elle comprend que la mort existe en France. Et maintenant, elle comprend aussi que parmi ceux qui vivent dans les belles maisons du dehors, certains ont du cœur. Mme Simon, la juive d'Algérie, et Mme Bernard, l'épouse du patron de l'agence immobilière, ont franchi la vieille grille rouillée. Elles demandent à voir Aïcha. Elles ont appris par la directrice de l'école qu'une jeune maman qui habitait près de chez elles était morte.

Dans ces moments, on pense à ses morts, à la fragilité de la vie, à la souffrance laissée par ceux qui partent. Elles allument des bougies et prient ensemble, chacune leur dieu. Mme Simon la juive, Mme Bernard la chrétienne et toutes les femmes du bidonville prient et pleurent ensemble la disparition de leur sœur Djamila.

# 4.

Selon la tradition, pendant quarante jours, le temps du deuil, la famille du mort doit être entourée par les voisins. Les femmes se relaient auprès d'Aïcha ; elles l'aident dans ses tâches domestiques, lui tiennent compagnie et lui racontent des histoires.

Yassina raconte.

Mon oncle m'a mariée à mon cousin germain qui travaillait déjà en France, à l'époque. Le mariage a été célébré pendant ses congés en Algérie. Après la fête, il est resté avec moi durant une semaine, puis il est reparti en France. Et je n'ai plus eu de ses nouvelles...

Aïcha aime bien Yassina. Elle a trente ans à peine, avec ses cheveux blonds et ses yeux bleus, elle a un air de Simone Signoret jeune. Yassina : son nom signifie la lumière. Elle est pétillante, toujours prête à aider les autres. Son époux est plus âgé qu'elle. C'est un jaloux qui l'accuse d'attirer les autres hommes quand il part travailler. Lui aussi il boit et il frappe. Elle l'a rejoint en France longtemps après leur mariage.

Je n'aurais jamais cru qu'un jour je vivrais enfermée dans ce taudis.

*Nehalbout denia*, je maudis la vie.

Arrête de blasphémer, Yassina, cria Aïcha, tu ne dois pas douter de ton destin...

Les femmes du bidonville se racontent leur histoire sans rien cacher, elles se dévoilent et exposent leur héritage, si lourd, si lointain.

Elles se ressemblent, ces histoires. Mariées à des hommes émigrés en France, des hommes qu'elles n'ont pas choisis, elles rêvaient toutes de venir le rejoindre. Vivre avec le père de leurs enfants, se sentir libres, manger tous les jours à sa faim. Toutes espéraient renaître un jour à Paris, car la France, c'est Paris. Elles ne voulaient pas mourir dans la pauvreté, mourir étouffées au milieu des autres femmes, dans ce pays, leur pays, qui n'aimait que les hommes. Elles pensaient être sauvées, d'avoir été mariées à un homme qui vivait en France.

Elles s'imaginaient rentrer au pays, triomphantes et riches, offrir des flacons de parfum à leurs belles-mères ou belles-sœurs, présenter leurs enfants médecin, avocat, pharmacien. Elles reviendraient avec les cheveux teints et coupés à la mode française, fini le foulard et les barrettes. Elles porteraient des vêtements de marque et parleraient le français.

Yassina reprend son récit. Après le départ de mon

mari pour la France, je suis restée dans la famille de ses parents. Ma belle-mère me houspillait et me privait de nourriture. Un an a passé. Un jour, mon père est venu me chercher. Ton mari t'a abandonnée, tu dois rentrer à la maison, va chercher tes affaires, nous partons. Je suis tombée malade. On m'a envoyée à l'hôpital d'Alger, et, à l'hôpital, j'ai attrapé une autre maladie. J'avais la peau rouge et rugueuse sur tout le corps. Les infirmières, qui avaient peur de la contagion, refusaient de venir me soigner. Je priais Dieu tous les jours et, finalement, il m'a entendue. Une vieille femme qui venait voir sa fille hospitalisée dans la même chambre que moi m'a aidée. Deux fois par semaine, elle m'apportait de l'eau de la mer avec laquelle je me lavais. Au bout d'un mois, je n'ai plus eu la peau rouge. Dieu avait mis cette femme sur ma route et j'ai pu rentrer chez mon père.

Des années encore ont passé. Et finalement, mon mari a écrit à mon père qu'il avait trouvé un bon emploi chez un bon patron, et que la mairie lui avait accordé l'autorisation de bénéficier du regroupement familial. Une semaine plus tard, il est arrivé chez mon père. C'est comme cela que je suis venue en France et depuis je vis ici dans ce bidonville avec mes cinq enfants. Ce n'est pas *franç*a, cette vie, si mes parents me voyaient, ils en seraient malades. J'étais mieux en Algérie avec ma mère et mes sœurs. Là-bas, je travaillais dans les champs de mon oncle, et j'allais tous les vendredis au hammam avec les femmes du village. Je ne connaissais pas l'hiver. Je suis arrivée en

France enceinte, et la première année ma petite Zina est morte de froid. La vie est dure, soupira-t-elle.

Quand elles ont le mal du pays, les femmes chantent des chansons populaires qui les font rire.

Nadira raconte à son tour. Le soir de mon mariage, les femmes sont venues me chercher pour me conduire vers la chambre nuptiale. Je ne comprenais pas pourquoi. La fête continuait, les femmes continuaient à danser et à chanter. Quand j'ai traversé la cour, elles lançaient des youyous sur mon passage. Il faisait très chaud. Je transpirais, mes vêtements étaient lourds et trop longs, et je marchais comme un canard à cause des talons aiguilles qu'on m'avait fait mettre. Une fois dans la chambre, elles m'ont déshabillée et m'ont passé une robe en toile fine de couleur blanche, puis elles m'ont allongée sur un matelas installé sur le sol et recouvert d'un drap de coton blanc. Enfin, elles sont sorties sans m'avoir rien dit.

Quelques minutes plus tard, j'ai vu entrer Hacène vêtu d'un costume noir et d'une cravate rouge – des vêtements qu'il avait achetés chez Tati, à Barbès. Il s'est agenouillé près de moi et m'a demandé de soulever ma robe. J'ai eu très peur, je me suis mise à crier et j'ai couru me cacher sous l'armoire. Il m'a suppliée pendant des heures, mais je n'ai pas bougé de mon trou. Il a fini par sortir de la pièce sans avoir pu me toucher.

Très vite, les femmes les plus âgées ont surgi dans

ma chambre et leurs regards ont fouillé le drap blanc, mais il n'y avait pas de taches de sang. Elles m'ont hurlé dessus, folles de rage. Elles m'ont assise devant elle, tapant sur mes mains rougies de henné. Qui t'a volé ta virginité ? *Lehachouma*, la honte est sur la famille. Ton père ne pourra plus lever la tête, au village. Ma mère est venue à son tour, en larmes. Tu vas devoir rentrer à la maison dès demain, rendre tous les bijoux et les cadeaux à ta belle-famille. Ton père qui s'est endetté pour le mariage, il devra rembourser les moutons et toute la nourriture, sans compter les bijoux. Tu es maudite ; aucune de nos filles ne nous avait jamais trahis, tu es la seule à nous avoir déshonorés. Je ne comprenais rien de ce qu'elle me disait, je me suis cachée sous les couvertures et je me suis endormie, épuisée.

Le lendemain, tout le village était au courant, ma famille était condamnée. Heureusement, Hacène est intervenu pour tout expliquer. Il a dit à mon père que j'étais jeune, qu'il fallait me laisser du temps. Je n'avais que quinze ans et lui quarante ans ; je ne l'avais vu qu'une seule fois.

Ce n'est qu'une semaine après que nous avons consommé notre mariage. Hacène est entré dans la chambre, il m'a donné quelques billets – c'est la tradition. Nous nous sommes allongés sur le matelas et nos corps se sont touchés. Dès sept heures le lendemain, quand son frère a frappé à la porte de la chambre, mon mari a pris le drap taché de sang et le lui a remis pour preuve de ma virginité. Toute la famille l'a félicité, puis les femmes sont entrées, rassurées, et ont lancé des youyous de satisfaction. Toute la journée, le drap a été montré aux gens du village, hommes et femmes. Mon père est venu me rendre visite le sourire aux lèvres. J'avais restauré l'honneur de la famille.

Nadira se tait, puis elle reprend, songeuse. Pourquoi est-ce si mal d'aimer un homme ? C'est vrai, mon cousin Omar me plaisait, et je n'arrivais pas à cacher mes sentiments. Un jour je le lui ai fait savoir ; mon père m'a battue. Qu'y avait-il de mal ? On m'a cloîtrée à la maison, je ne sortais plus qu'accompagnée de ma mère ou de mon frère. J'ai pleuré, beaucoup pleuré, mais personne ne comprenait. C'était interdit. Alors on m'a mariée à Hacène.

Les femmes commentent le récit de Nadira.

Yassina dit que la virginité est une preuve de fidélité à sa famille. De la fille dépend l'honneur des siens. Si elle est vierge, sa famille est respectée ; si elle ne l'est pas, elle est responsable de la souillure subie.

Une autre femme parle d'une mère qui a refusé une prétendante pour son fils parce qu'elle avait entendu dire que l'arrière-grand-mère de cette jeune fille fréquentait les soldats français.

Aïcha rappelle qu'il y a des hommes qui défendent leurs épouses même quand ils ont constaté qu'elles n'étaient plus vierges. Ils s'arrangent pour rougir le drap en se coupant le bout du doigt. C'est peu courant, mais cela arrive. Ainsi la femme est sauvée et l'honneur de la famille est préservé.

Les femmes assises écoutent en silence. Yassina parle comme si elle jouait une pièce de théâtre. Ce sont les livres qui nous ont manqué. Il suffirait de nous donner des livres pour que nous soyons heureuses de vivre.

Aïcha à son tour raconte son histoire. Son mariage avec ce garçon craintif, son mariage avec Soliman, sa belle-mère, la naissance de Djamila... En venant en France, je croyais que la vie serait plus facile, que je passerais tout mon temps à me promener dans Paris, que j'habiterais dans une jolie maison avec une salle de bains et du chauffage. Et nous sommes là dans cette vieille bâtisse aux fenêtres cassées.

Elles partagent les mêmes souffrances, elles avaient aussi les mêmes espérances.

# 5.

Il fait encore jour, mais peu de lumière entre dans la pièce, car les fenêtres sont bouchées par des couvertures raides d'humidité glacée. La pièce est froide, le plancher mouillé.

Aïcha est prise de douleurs au ventre. Elle s'allonge et appelle à l'aide les autres femmes, qui accourent dans le couloir. Quelques heures plus tard, le docteur Roger entre, accompagné de son épouse. Aïcha a fait venir le médecin pour elle, ce qui est exceptionnel, car elle sait qu'elle va accoucher, et elle seule le sait. Elle a caché sa grossesse. Elle ne veut pas cet enfant. Elle a tout fait pour le perdre : soulever des lessiveuses remplies d'eau, monter et descendre sans relâche les escaliers jusqu'à être trempée de sueur. Prier Dieu de lui accorder une fausse couche. Soliman est là, debout, et dit au médecin qu'il va le payer avec de l'argent emprunté à Larbi.

L'enfant est né, une petite fille. Elle est mal en point, mais le médecin est rassurant, nous allons l'emmener à l'hôpital, avec de bons soins, elle prendra des forces, elle guérira. Il n'a pas le temps de terminer sa phrase que le bébé est mort.

Aïcha dit simplement : c'est mieux comme ça. Elle aurait été malheureuse, comme moi, comme ses frères et sœurs. C'est mieux pour elle. Elle est au paradis, elle est mieux là-bas.

Le médecin ne comprend pas. Le visage de la femme retient son attention ; il n'a jamais vu de sa carrière une telle expression, des yeux aussi vides, aussi froids. Aïcha se retient, retient son souffle, puis cède à un élan irrépressible. Dans le regard qu'elle tourne vers lui, le docteur Roger lit clairement un appel au secours. Cette femme a l'air d'une petite fille effrayée.

Madame Bianet, avez-vous besoin d'aide ?

Le médecin ne la quitte pas des yeux. Il relève les manches de son tricot et voit son bras marqué de brûlures de cigarettes. Il l'examine, il distingue des cicatrices sur sa poitrine. Aïcha attrape une serviette et s'en couvre le visage.

Parlez-moi, madame Bianet.

Aïcha ouvre la bouche mais ne dit rien. Le docteur Roger la serre contre lui et elle se laisse faire. À cet instant, Soliman entre dans la pièce. Ma femme va dormir.

Le docteur soupire, écrit quelques phrases sur un bout de papier qu'il remet à Soliman. Il a déclaré la mort de l'enfant. Soliman va pouvoir l'emmener dans une boîte au cimetière de Villepinte.

# 6.

Aïcha est réveillée par la lumière du soleil qui caresse son visage. Sa tête repose dans une position enfantine, ses épais cheveux noirs répandus sur elle. L'une de ses mains est tombée sur le côté du matelas. Courbaturée et lasse, elle remue sur la banquette qui lui sert de lit.

Cette nuit-là elle a dormi seule. Soliman est auprès de la deuxième épouse, Saïda. Une nuit avec l'une, une nuit avec l'autre. Une question d'équité, dit-il. Saïda et Aïcha ont accepté la règle.

Jeune femme pâle aux cheveux noirs très crépus, Saïda a un visage rond et très lisse, dénué de toute expression. Triste et silencieuse, elle reste assise des heures sur une natte avec ses deux petites filles.

Moi, je n'avais rien compris. Pas compris pourquoi Soliman était revenu d'Algérie avec une deuxième femme. Personne ne savait quelle vie Saïda avait eue avant de devenir l'épouse de Soliman. Une vie dont je n'ai rien su et qui pourtant était mêlée à la mienne. Aïcha et Saïda ne s'aimaient pas, mais elles craignaient toutes les deux leur mari.

Dehors, dans la cour, les bouteilles vides roulent et s'entrechoquent sur le sol. La porte des latrines bat dans le vent qui porte les odeurs dans la maison. Aïcha regarde autour d'elle, les yeux lourds de sommeil.

Les enfants dorment paisiblement dans l'autre pièce.

Aïcha s'assoit et observe Soliman qui dort bruyamment sur la banquette d'en face, ses grosses jambes impudiquement écartées, sa chemise dénouée, un bras en travers du visage de Saïda. Son visage évoque celui d'un enfant, la bouche épaisse, les joues larges. Il ronfle, à cause de l'alcool, sans doute.

C'est un porc, pense Aïcha. Et pourtant, elle lui garde son respect. Il est l'autorité incontestée, il n'a pas à se soucier du bien et du mal. Il vit avec plusieurs femmes sous un même toit parce qu'il le peut. Il ne travaille pas parce qu'il le peut. Les autres hommes de la famille lui obéissent sans poser de question. Aïcha s'attarde à observer les deux corps endormis.

Mais Soliman se réveille et croise son regard.

Que fais-tu à nous regarder ? Tu ferais mieux de préparer le café.

Aïcha se lève et va allumer le réchaud à gaz comme tous les matins. Elle fait le café et pétrit la pâte pour les galettes du petit déjeuner. Et elle ose demander :

Pourquoi as-tu encore emprunté de l'argent à Larbi ?

Soliman pose son regard sur elle, étonné. C'est mon affaire. Les allocations vont arriver demain, je le rembourserai.

Il a faim, car il n'a pas mangé depuis longtemps, seulement bu des litres de bière. Aïcha met sur la table les bols de café et les galettes encore chaudes.

Tu es une bonne cuisinière. Je t'ai épousée et j'ai bien fait. Sers-moi un verre de bière.

Saïda se lève à son tour et rejoint Soliman, qui lui tape sur le dos avec un rire si fort qu'il réveille les enfants. Quand ils apparaissent sur le seuil de la pièce, il est pris de colère.

Attendez que j'aie fini de manger, vous entrerez après. Sa gaieté l'a quitté. Ses yeux sont sombres, acérés. Sa bouche se crispe.

Aïcha se tourne vers les enfants. D'habitude, elle leur dit : attendez dans le couloir, je vous apporte le lait et le pain. Alors les enfants la suivent ; elle les installe dans le couloir pour leur servir là le petit déjeuner. Mais, ce matin, elle ne bouge pas ; les enfants sont pétrifiés.

Ici, c'est moi qui commande ! crie Soliman en tapant sur la table avec sa main.

Les enfants ne bougent toujours pas. Soliman ne comprend pas qu'ils le détestent. À leurs yeux, il n'est pas un puissant mais un fou et un lâche. Lui ne voit qu'une chose : on le redoute et cela lui procure du plaisir.

Il ne se rend pas compte que ce matin-là n'est pas comme les autres. Aïcha ne veut plus se taire. Elle a cessé de courber le dos ; elle ne peut plus étouffer sa révolte. Elle regarde les enfants, elle ne voit plus qu'eux dans cette pièce. Et soudain, sans pouvoir l'expliquer, elle se met à hurler. Les enfants seront les premiers à manger, à partir de maintenant ! Je ne te servirai plus rien avant qu'ils aient mangé !

# 7.

Cette histoire, Aïcha me l'a racontée à moi seule. Je ne sais pas quand elle s'est déroulée ; je ne sais pas si elle l'a vécue ou si elle l'a rêvée. Un soir, j'étais sur mon arbre, et Aïcha est venue se reposer à son pied. Te voilà encore cachée là ? Alors tu as murmuré une histoire. Ta voix était douce, je me suis penchée pour mieux l'entendre.

Accroupie devant la lessiveuse, Aïcha souffle sur le feu qui menace de s'éteindre. La brosse à la main, elle s'apprête à frotter le linge sale dans une grande bassine en zinc. Tout à coup, elle suspend son geste et regarde par la porte ouverte du cabanon. De l'autre côté de la grille, de l'autre côté de la rue, il y a un homme qui l'observe.

Un sentiment inconnu l'envahit. Il commence à neiger, mais Aïcha ne sent pas le froid. L'homme reste là, à la regarder. Et elle le regarde à son tour. Il a les yeux doux, le teint hâlé, une allure élégante. Elle reste plongée dans sa contemplation plus longtemps qu'il ne faut, et des larmes coulent sur ses joues, mais ce ne sont pas des larmes de douleur. Soudain elle cache son visage, mais elle sait qu'il la regarde encore.

Aïcha reprend son travail, tête baissée, mains actives. Des voix montent de la maison. Un klaxon retentit au loin. Le bel inconnu est parti.

Mais, le lendemain, il est de nouveau là, devant la grille. Aïcha rougit et cherche à éviter son regard. Il la regarde sans un mot, sans un geste. Si on la voyait ? Aïcha se précipite dans la maison et s'enferme toute la journée. Mais rien ne peut l'empêcher de rêver. Elle sait à quoi ressemble l'homme qu'elle aurait voulu avoir. Beau, le menton droit, le ventre plat et une immense douceur.

Un matin, à l'aube. Aïcha fait sa toilette, passe sa plus belle robe et se parfume à l'eau de Cologne. Elle est jolie, elle pétille et, vite, elle court dans la cour se poster devant la grille. Elle reste seule quelques minutes interminables, puis, soudain, elle le voit arriver. Ils se regardent. Aïcha recule instinctivement. Elle l'attendait, et pourtant, elle est surprise de le voir. Son visage s'empourpre, elle est submergée par l'émotion. Cet homme est si jeune, si plein de santé et de force, si désirable. Dans un élan, elle franchit la grille et regarde l'inconnu. Avant qu'il ait pu esquisser un geste, elle lui touche la main. Il est là et elle cherche à lui parler, mais les mots ne sortent pas. Il lève ses mains, lui caresse les cheveux comme on caresse la tête d'un enfant. Elle s'écarte de lui pour mieux le voir, elle lutte contre son envie de se serrer contre lui. Elle sent son souffle chaud. Il lui prend les mains et les caresse. Il murmure : tu es belle… Elle me demandait de lui traduire ces mots : *tchebehat, chabah.* Je lui ai répondu : tu es belle, et elle a soupiré.

# 8.

Soliman est là. Il hurle et frappe contre la porte.

Tu n'entreras pas, je ne suis plus ta femme ; va-t'en chez l'autre.

Il ne comprend pas. Pour la première fois, Aïcha se rebelle. Il va à la porte de l'autre pièce, où est Saïda, et l'ouvre avec colère, comme mû par l'autorité d'Aïcha et non par sa volonté propre. Pour la première fois, elle le contrôle. Saïda bondit sur ses pieds, et son corps se met à trembler car Soliman est saoul. Déjà elle baisse la tête, lève les bras pour se protéger. Les yeux rougis par l'alcool, l'homme semble habité d'une force inhumaine. Il prend une chaise et se met à tout casser dans la pièce.

Saïda, tu paieras pour Aïcha. Elle a refusé de m'ouvrir, personne n'a osé me faire cela. Elle m'a humilié, je me vengerai.

Il vient vers elle et la roue de coups de poing et de

coups de pied. Il la traîne jusque devant la porte fermée d'Aïcha et la jette brutalement à terre pour la battre à nouveau. Mais, tout à coup, la porte s'ouvre, et Aïcha apparaît. Elle tient une barre de fer à la main.

Tu arrêtes de lui cogner dessus ou je te tue, *aquereur*.

Soliman est si surpris qu'il recule d'abord, mais il n'y croit pas encore, alors il fait un pas en avant et la barre de fer lui tombe sur le crâne ; l'homme se met à hurler, le sang coule sur le sol. Soliman s'en va les mains sur sa tête baissée. Ce soir, il dormira seul, humilié et vaincu.

# 9.

Je ne sais pas comment je suis arrivée ici, raconte Saïda. Soliman avait dit à mon père qu'il était obligé de se remarier. Sa femme était handicapée, il avait besoin d'une deuxième épouse, jeune et en bonne santé, pour élever ses enfants, tes enfants. Jamais mon père, le pauvre saint, n'aurait accepté de me marier à ton époux, s'il avait appris que tu étais en bonne santé. Il nous a menti. Ici, Aïcha, c'est ta maison, pas la mienne. Tu m'as sauvé la vie. Aide-moi à repartir en Algérie.

Je suis ton amie, répond Aïcha. Reste, je t'aiderai.

Aïcha regarde la porte et se sent satisfaite. Sa décision est prise : elle va se rendre à la police et dénoncer son mari. Elle sort dans le couloir, elle descend les escaliers pour la première fois en femme libre ; à tous les habitants, elle dit qu'elle va mettre son mari en prison.

Tout est une question de vérité et de courage, lui répond Larbi. Tu as le droit de ne pas te laisser faire. Défends-toi, ici nous sommes dans un pays où les femmes ont des droits.

Aïcha, tu as trouvé le courage de faire face à ton destin. Tel l'homme du désert, tu as décidé de tracer ta route au-delà de la soif et des vents de sable.

Tu as aidé Saïda à repartir en Algérie, avec ses deux filles.

## 10.

Soliman occupe maintenant une petite chambre isolée au fond du couloir. Ses blessures au crâne ont cicatrisé, mais il marche tête baissée sans dire un mot. Il a trouvé une autre femme. Bertho est une Française à l'accent titi parisien qu'il a connue dans le café de Doudoune. Veuve, elle a annoncé à sa famille qu'elle était amoureuse, mais ses enfants ne veulent pas voir l'Arabe dans la maison de leur père, alors Bertho a quitté son foyer pour venir s'installer avec Soliman dans le bidonville.

Aïcha a changé de vie. Elle est allée voir l'assistante sociale, s'est arrangée avec elle pour recevoir à son nom les allocations familiales, et a rédigé avec elle une demande de logement social. Elle sort faire ses courses elle-même. Elle vit de son travail : avec des coupons de tissu qu'elle achète à bas prix, elle confectionne des traversins, des taies d'oreiller, brode des serviettes qu'elle va vendre dans les cités HLM, de porte en porte. Aïcha gagne son argent, le dépose à la banque et l'utilise comme bon lui semble. Elle achète elle-même la nourriture et les vêtements de ses enfants. Elle s'habille comme elle veut : des vêtements simples, mais soignés.

Soliman ne sort plus de sa petite pièce au fond du couloir. Il passe son temps à dormir ou assis sur sa chaise sans bouger. Il a le teint gris, les lèvres sèches, il ressemble à un enfant malade. Il vient de comprendre qu'il aime sa femme, mais il ne peut pas le dire.

Aïcha se rend à la mairie pour suivre sa demande de relogement. Vêtue d'un manteau de laine blanc, elle traverse les belles allées fleuries d'un parc. Le lilas embaume. Aïcha s'arrête, regarde, respire. Est-il possible que, pendant toutes ces années, elle se soit laissé priver de liberté ? De temps en temps, les regards de passants se posent sur elle. Elle a un sentiment de gêne, comme une honte d'être vue, elle l'Algérienne, elle qui doit vivre cachée.

Dans le jardin de la mairie, il y a une sorte de rocher en forme de grotte. Aïcha décide d'aller prier, de demander à la pierre de l'aider à vaincre le mauvais sort. C'est un peu de ses montagnes berbères tombées là, dans ce jardin du nord de Paris.

En Kabylie, la montagne Yemma Gouraya, que sa hauteur rapproche de Dieu, est un lieu de culte. Une animation mystérieuse l'envahit, le soir. Selon la légende, une femme vit là, qui passe son temps à prier pour le bonheur des hommes – elle est la « mère de la montagne ». Yemma Gouraya est une sainte. Tous les vendredis matin, les femmes en souffrance s'y rendent et font cuire des beignets et du couscous. Les pèlerins qui descendent du sommet reçoivent d'elles de la nourriture et se joignent à elles pour prier.

Aïcha, autrefois, a gravi la montagne sacrée. Elle avançait en priant, touchait la roche, s'asseyait et ramassait des pierres pour les embrasser. Elle vit une vieille femme arriver en sens inverse, qui la dévisageait. Impassible, noble, la peau tellement sèche qu'on pouvait presque entendre ses rides crisser. Aïcha fut surprise de l'entendre lui parler, dans cette montagne absolue et sacrée. Yemma Gouraya, la mère protectrice des montagnes, réconfortait les âmes et donnait une nouvelle chance à ceux qui venaient l'implorer. Cette vieille femme suivait Aïcha tout en lui parlant, et sa voix retentit encore longtemps après qu'elle eut disparu. Tu vivras à l'étranger et tu finiras tes jours sans ton mari. Folle ! Va-t'en, dit Aïcha en lui donnant quelques pièces de monnaie.

Maintenant, Aïcha pense à cette femme, à cette vérité qui a sommeillé en elle depuis si longtemps. Elle se revoit marcher dans la montagne magique sur des pierres abîmées par le temps, s'agenouiller pour prier tout au long du chemin. Ils étaient nombreux à marcher, ce vendredi matin ; des femmes marchaient aux côtés des hommes, avec les enfants. Le respect et la paix régnaient sur le chemin de la montagne sacrée. Jamais Aïcha n'a retrouvé cette paix.

J'ai tenté de la trouver en marchant à mon tour sur les traces de ma grand-mère. J'ai rencontré des pèlerins qui marchaient comme moi, mais pas de vieille dame impassible.

## 11.

Collé aux bâtiments du taudis, il y avait un hangar. Le propriétaire était un Camerounais qui avait imaginé de sous-louer l'emplacement à des sans-papiers. Ils étaient une centaine à camper entassés là-dedans, Maliens pour la plupart. Ils vivaient sans eau, sans électricité, sans vêtements chauds, mais avec beaucoup de violence. Ils se querellaient, sortaient dans la rue pour se battre à coups de manche de pioche. Si bien que les voisins signaient entre eux des pétitions qu'ils adressaient à la mairie. On ne voulait pas d'eux, pauvres Africains, dénoncés, désignés comme fauteurs de troubles, dangers publics.

Un jour, une colonne de cars est entrée dans la rue des Grands-Chênes ; des CRS en sont descendus et ont investi les lieux, sortant les occupants du hangar à coups de poing. Plus personne ne les a jamais revus.

Le hangar a été détruit, laissant un grand terrain vide.

Pas très longtemps après, un autre car est venu stationner devant la grille rouillée. Des femmes et quelques hommes sont entrés dans notre cour. Ils tenaient tous des cahiers sur lesquels ils prenaient des notes. Certains passaient à côté des enfants en évitant de les toucher, une main sur la bouche. Ces gens ne sont pas restés longtemps. Ils ont repassé la grille et sont remontés dans leur car.

Aïcha a appris que c'était le maire et son conseil municipal. Dès lors, les habitants du taudis ont su qu'ils vivaient un œil braqué sur eux. Qu'ils étaient épiés, comptés, inscrits sur des tableaux de chiffres – les statistiques du ministère de l'Intérieur.

Un matin brumeux de novembre 1975, des policiers sont venus, qui ne sont pas entrés dans la cour. Ils ont posé un panneau devant la grille. Il y était écrit en gros caractères : ARRÊTÉ DE PÉRIL. C'était fait, il fallait partir. Une cité de transit avait été construite non loin de là, à Pavillons-sous-Bois. Les opérations d'expulsion ont commencé, sans heurts, toujours en présence des conseillers municipaux et de la police. Tous ces gens qui vivaient ensemble, venus d'Algérie, de Tunisie et du Maroc, ont quitté les bâtiments délabrés de la vieille ferme pour s'éparpiller dans l'immense cité de transit. Au 100, rue des Grands-Chênes, des pelleteuses et des excavateurs sont bientôt entrés dans la cour, les derniers visiteurs.

Je suis revenue une dernière fois, seule. Les fenêtres et les portes étaient murées, et devant moi, le fantôme de *Salaens*, la vieille femme, a surgi pour hanter une fois encore les lieux, avant de disparaître à jamais. On allait l'oublier, elle qui avait veillé si longtemps sur les misérables réfugiés en son sein. Peut-être était-il temps, elle était trop vieille, trop abîmée, elle ne demandait qu'à mourir en paix.

# 12.

En Algérie, sur les hauteurs de Béjaïa, la route est encore longue jusqu'au village des Aït Slimane. Mais qu'importe. Marcher, Aïcha connaît. Elle s'arrête souvent pour éponger d'un pan de robe la sueur qui couvre son front et reprendre son souffle. Quelquefois, elle pose le tas de bois qu'elle porte sur son dos. Elle a des millions de fois foulé de ses petits pas d'enfant chacune des grosses pierres du chemin quand elle allait avec son père installer des pièges à oiseaux. Son père, celui qu'on surnommait *ajelum*. Et elle était *Iles ohjelum*, la fille du chasseur de merles. Oui, son père chassait les merles pour nourrir sa famille.

Les phrases s'entrechoquent dans la mémoire d'Aïcha, la petite fille des hauteurs d'Aït Slimane vit encore en elle…

*Iles ohjelum*, fille du merle, hurlait Soliman.

*Mbarouk*, ma fille, te voilà maman.

C'est une honte d'avoir accouché devant tout le monde ! Tu aurais pu attendre !

Nous allons quitter l'Algérie et partir à Paris.

Nous reviendrons l'année prochaine avec plein d'argent. Nous vous apporterons des cadeaux, des jolies robes parisiennes, des chaussures, des savonnettes, *léaya*, du parfum…

Là-bas, au milieu de cette terre riche et belle où Aïcha avait connu la faim et la douleur. Son pays et les siens étaient insensibles à la souffrance d'une petite fille. Ce village isolé. Les maisons à l'abandon. Les hommes en proie à des querelles qui parlent de sources ou de terrains. Aïcha avait des prétendants, mais le frère de son père l'a mariée à onze ans à ce jeune garçon au regard triste et craintif.

Aïcha a bientôt cinquante ans. Dans le pays qui lui a donné refuge, elle sent aujourd'hui ses forces renaître. On lui a donné une petite maison, dans le quartier du Vieux-Pays, à Villepinte, pour elle seule et ses quatre plus jeunes enfants, avec l'eau chaude, de la lumière et trois pièces. Elle s'est maquillée, parfumée à l'eau de Cologne.

Un clin d'œil de l'histoire vient changer la vie d'Aïcha. Elle est en route vers son nouveau logement. Le visage amaigri, elle saute dans un autobus, prend son billet et dit merci. Après des années passées courbée, elle se redresse. Les voyageurs l'observent, l'anxiété se lit sur le visage. Elle montre un papier au conducteur du bus, sur lequel est écrite l'adresse de sa nouvelle maison. Il lui fait comprendre qu'il lui fera signe quand elle sera arrivée. Elle est libre. Elle descend, hume l'air frais ; sa démarche est souple le long des rues et des avenues, son œil est vif mais, au fond d'elle, elle garde son histoire brûlante. Elle croit en l'avenir, son regard se fait plus clair. D'abord se construire une nouvelle vie, ensuite viendra le jour où elle soignera ses blessures. Habillée de bleu, le trousseau de clés dans la main, elle approche de sa porte. Elle l'ouvre, enfin, sa maison, seule, sans homme. Elle parcourt les longues pièces, elle est heureuse. Elle sourit, mais son sourire est grave à l'adresse de son destin. Des ailes lui poussent.

# *Quatrième partie*

# 1.

Cela devait arriver. Je préparais mon mariage. J'étais heureuse d'avoir trouvé un mari. Assise devant la glace, je m'épilais les sourcils en regardant la photo épinglée sur le mur, celle de Brigitte Bardot. J'épilais mes sourcils de façon à ne laisser qu'un trait fin au-dessus de la paupière. Cela suffit, c'est bien ainsi. Je me trouvais plutôt jolie. Après la mort de ma mère, j'avais minci. Ma silhouette était plus fine, mes hanches plus élancées, mon visage doux me donnait un air de jeune fille de bonne famille.

Pas trop de rouge à lèvres, murmurait une femme. Vraiment ? Mais ce rouge me plaît ! Je n'avais jamais vu ma mère ni ma grand-mère se maquiller. Je mettais trop de bleu sur les paupières, c'était si joli. Je forçais le trait du khôl, il débordait, mes yeux étaient deux taches noires. Je poudrais trois à quatre fois de suite mes joues, poudre fine, parfumée. Mon visage et ma robe rose me donnaient l'allure d'une poupée de fête foraine. J'éclatais de rire en secouant mes cheveux.

Il fallait bien que cela arrive. J'étais heureuse, au fond. Les cousins, les oncles venaient me féliciter. Mon futur mari, Mohammed, m'offrait des fleurs. Mon père regardait cela en plissant les yeux. Il n'aimait pas cette frivolité.

Depuis l'expulsion du taudis, nous avions vécu dans la HLM de Pavillons-sous-Bois, avec lui et sa nouvelle femme. Il voyait en moi une créature fragile, vulnérable, dont il était l'unique protecteur. Il avait peur pour moi, mais il ne me le disait pas. Les filles doivent se marier. C'est la tradition. Il faut faire honneur à la famille restée en Algérie.

Tu seras mieux une fois mariée, tu seras plus libre... Que savait-il de la liberté, cet ouvrier qui avait passé sa vie entre l'usine et les traditions ?

Les traditions : elles avaient organisé mon mariage. Il fallait épouser un garçon du même milieu. Mohammed est le fils des amis d'une cousine de mon père. J'aurais pu tomber sur un fainéant et un enfant gâté, mais j'ai eu de la chance. Mohammed avait perdu sa mère lui aussi, à l'âge de douze ans, et, comme le mien, son père s'était remarié avec une femme choisie par ses oncles, en Algérie. Il était lui aussi l'aîné d'une grande famille, de dix enfants, qui habitait dans une HLM des Yvelines. Il obéissait à ses parents et essayait de tenir son rang de grand frère. La tâche était rude.

Il t'envoie des fleurs, mais ça sert à quoi ? Je riais. Elles sont belles, regarde! Je continuais à rire. Je n'avais jamais reçu de fleurs. C'était agréable, de se faire jolie, de recevoir tant de visites, tant de cadeaux... Des femmes qui avaient mis pour moi leur robe la plus brillante. Les hommes avaient leur costume, une cravate, des chaussures noires bien cirées. Il y avait des gâteaux au miel arrangés sur des plats décorés de rubans de toutes les couleurs.

Tout le monde semblait si heureux de se voir, de se retrouver. Les femmes racontaient les histoires du bled. Les mariages des cousines et des cousins. La mort des oncles et des tantes. Le soleil de Kabylie. La cueillette des olives. Le prix du ciment qui ne cessait d'augmenter, la construction de la maison, le prix des bijoux...

Je sentais les regards se poser sur moi. Comme j'étais troublée, j'éclatais de rire à tout bout de champ, consciente de la complicité qui m'unissait avec toutes ces femmes et leurs bavardages. Elles venaient les unes après les autres me couvrir de baisers, sur les joues, sur la tête. Elles me lançaient des *baraka alek*, *koleche rel*, bonheur et joie pour ton foyer.

Au milieu de tout ce plaisir, il y avait l'absence de ma mère, aussi sensible qu'une présence. Pendant longtemps, j'avais pensé qu'elle allait revenir – la mort n'emporte pas les jeunes femmes. Au jour de mon mariage, le manque était si fort que je sentais les larmes monter au milieu de mes rires. Ma grand-mère vivait encore, à cette époque, dans un logement que la mairie avait mis à sa disposition. Mais elle était séparée de son mari, et cela choquait. Autour d'elle, personne ne la comprenait. On la regardait comme une femme ingérable, indigne, suspecte de prendre d'autres hommes. D'un côté, le personnel de la mairie lui faisait sentir combien elle leur était redevable. Sa conquête de la liberté pesait très lourd sur ses épaules. Elle était là, le jour de mon mariage. Mais nous ne nous sommes pas parlé. Sans doute à cause de ce que nous avions vécu dans le bidonville, trop lourd fardeau sur mes épaules. Je ne trouvais pas les mots à lui dire. Quand son regard se posait sur moi, je ressentais à travers elle la présence de ma mère. Je portais en moi des douleurs si fortes.

## 2.

Ce jour de mon mariage, je ne savais pas que ma vie allait bientôt basculer. Quelques mois plus tard, j'allais rompre avec mes fantômes, casser mes chaînes.

Si ma mère avait été encore là, l'idée même m'aurait paru sacrilège. Mais elle était partie sans avoir jamais été libre, ni heureuse. De toutes mes forces, je refusais de vivre ce qu'elle avait vécu. Sa voix résonnait encore dans ma tête : tu dois faire des études, tu dois avoir un métier. Tu réussiras.

À sa mort, j'avais quatorze ans. Il avait fallu quitter l'école tout de suite ; mes frères et sœurs avaient besoin de moi. Je devais te remplacer, Djamila.

Mon père me tire par le bras. C'est l'heure de partir, ta belle-famille arrive.

J'entends des youyous, des klaxons. Les femmes vont m'accompagner jusqu'à la voiture. Au moment de franchir le seuil, mon père met son bras au-dessus de la porte, et une de mes tantes jette un œuf sur le sol, gage de bonheur pour les mariés. À nouveau retentissent les youyous. Mon père me parle d'une voix sourde, ses lèvres tremblent. Je ne vois plus rien autour de moi que ses cheveux gris et la fatigue qui marque son visage.

Les mois ont passé. Je vivais chez mes beaux-parents, dans un spacieux F5 que le père de Mohammed avait obtenu par l'entreprise Renault où il travaillait comme ouvrier depuis une quarantaine d'années. J'avais la permission de rendre visite à mon père, de temps en temps, accompagnée de mon mari et souvent de mes beaux-parents. Sinon, je restais dans l'appartement à faire le ménage, à repasser, à laver le sol, à m'occuper des plus jeunes enfants de la famille, à accompagner ma belle-mère faire les courses.

Mais la voix ne se taisait pas. Elle se faisait de plus en plus forte : et tes études ? Et ton métier ? Je n'étais pas cette fille que j'avais l'air d'être, qui se cachait partout, qui marchait tête baissée, qui ne regardait personne dans les yeux. Je voulais fuir cette fille qui en masquait une autre. J'étais prise d'une impatience qui me donnait la fièvre, mais, en même temps, j'avais très peur. Pas de Mohammed, de mon père. Et de mes beaux-parents, auxquels Mohammed versait tout son salaire.

Un jour, enfin, j'ai osé. J'ai franchi *talebold*, j'ai passé la porte. J'étais seule, enceinte de trois mois, avec pour unique bagage mon sac à main et quelques francs.

Toute en rondeur, je marche dans la rue, pleine d'assurance. Je ne sais pas où aller, mais peu importe. Je n'irai pas chez mon père – il me ramènerait dans l'heure chez mes beaux-parents. Plusieurs de mes amies ont vécu cela. Parfois à quatorze ou quinze ans, elles ont dû quitter l'école, épouser un cousin devant un imam et des hommes de la famille avant que leur mariage puisse être officialisé deux ou trois ans plus tard selon les lois françaises. Toumia, qui a eu de nombreux enfants, n'a jamais pu reprendre ses études. Pourtant elle était brillante. Mais elle avait voulu faire plaisir à ses parents, être ce qu'ils pensaient qu'elle devait être. Alors elle a reporté tous ses espoirs sur la réussite de ses enfants. Elle avait pour seules sorties le marché et l'école, toujours accompagnée par son mari. Où est-elle ? J'ai perdu mes amies d'enfance.

Je marche dans les rues, et je ne sais pas où aller, et pourtant, je n'ai pas d'inquiétude. C'est le printemps, il fait très beau, mais encore un peu froid. J'erre dans les rues, enfin libre d'aller où bon me semble. Le vent me pousse sous les portes cochères, dans les magasins où je cherche un peu de chaleur. La nuit commence à tomber. Je longe les trottoirs d'un pas léger, sous la lune qui ne me quitte pas du regard. Intensité du temps qui passe… j'en savoure chaque seconde. La vie que je porte en moi me donne une force d'hercule. Je porte en moi ma liberté. L'enfant que je porte en moi me dit d'aller plus loin, lui aussi vient de découvrir le goût de vivre. Il s'appellera Nacim, petit vent frais de la Méditerranée. Il aura l'esprit libre et aimera les voyages.

Arrivée au cœur de la vieille ville, je franchis le porche d'une église. À l'intérieur, l'odeur d'humidité me fait tousser. Il fait froid, mais la voûte est magnifique. L'eau ruisselle sur les murs, la mousse couvre les piliers. Elle est bien mal entretenue. Dans un coin, deux femmes prient en allumant des bougies. Un homme en larmes contemple la Vierge Marie, et je ressens son malheur. Dans les rangées de chaises bien en ordre, près du chœur, un couple se recueille, les yeux fermés. Je m'assois derrière eux et je commence à prier, moi aussi. Je suis une fille de Dieu, comme eux, peu importe ma religion.

Mais une femme s'approche et vient me sortir de mon silence. Il faut sortir : l'église va fermer.

Il fait nuit. J'ai froid, et mon pull me protège mal du vent. Pourtant, je continue ma route, sans une hésitation.

D'église en café, j'ai poursuivi ma conquête de la rue très avant dans la nuit. Puis, enfin, dans un café encore ouvert, j'ai demandé si je pouvais téléphoner. Un gros monsieur au teint rouge m'a indiqué la cabine téléphonique. J'ai appelé Mohammed.

Je ne reviendrai plus chez tes parents. Je ne veux plus de cette vie.

Mohammed n'a pas crié, il n'a pas fait de

reproches, il n'a pas cherché à me changer. Ne bouge pas, tu as raison et je te rejoins.

Un moment plus tard, il était là : il avait fait son choix ; il s'était lui aussi libéré de ses chaînes. Il quittait ses parents et m'acceptait pour ce que j'étais à ses yeux : une battante.

Nous avons trouvé un studio, un de ses amis nous a prêté de l'argent pour payer la caution et le premier loyer. Le reste n'a pas été facile, et pourtant, tout a été plus facile que ce premier geste que nous avons fait, qui nous a libérés lui et moi. J'ai pris un emploi de caissière, j'ai mis mon fils à la crèche, puis j'ai été promue responsable de rayon, chargée des commandes, j'ai suivi des cours du soir et j'ai décroché un master à l'École polytechnique féminine, je me suis engagée dans des combats politiques, je m'informais, je lisais, des livres, des journaux…

Un jour j'ai demandé au directeur du magasin de me nommer à sa place quand il partirait en retraite, car il était vieux et malade. Dans deux ou trois ans, a-t-il répondu. Cela sera trop tard, je vous envoie ma lettre de démission. Vous avez raison, a-t-il répondu, la vie est un risque, prenez-le, vous réussirez.

« Vous réussirez. » C'était ma mère qui parlait par la voix de ce vieil homme malade. C'était ma mère que j'écoutais, que je suivais. Aïcha est morte en 1977, après une longue maladie. J'ai toujours refusé d'aller sur sa tombe. J'avais peur de mes souffrances, de ses souffrances. Je voulais la garder en moi vivante et libre. Mais je pense toujours à ces femmes enfermées derrière la grille rouillée.

En menant ma vie de femme libre, je pensais écarter leurs fantômes, mes fantômes. Je croyais me couper de mon passé. Mais il n'est pas de nuit où ne me reviennent les images de ces femmes aimées à leur insu, dans ce décor hanté par une vieille âme abîmée. Ma mère repose sous la terre argileuse d'Algérie, ma grand-mère et mon père dorment dans le cimetière parisien de Thiais, dans le carré musulman. Mes ancêtres m'ont appelée, je ne pouvais être libre sans les libérer.

# Épilogue

Trente années se sont écoulées depuis ce jour où j'ai quitté la HLM de mes beaux-parents, trente-six années depuis ce jour où mon père m'a retirée de l'école parce que je devais remplacer ma mère auprès de mes frères et sœurs.

Aujourd'hui, je suis membre du Conseil économique, social et environnemental dans le groupe des personnalités qualifiées, auditrice à l'Institut des hautes études de défense nationale où j'ai le grade de colonel de l'Armée de l'Air, conseillère technique au ministère de la Défense et je suis conseillère municipale à Montlhéry. J'ai créé en 1993 le premier forum de l'emploi en Seine-Saint-Denis, piloté un programme d'aide à l'enfance avec le Haut Comité aux Réfugiés. Je suis décorée de l'ordre national du Mérite... Dérisoire catalogue ?

Quand je regarde derrière moi, je vois la pente

d'une montagne. Un sentier plein de cailloux, comme celui que suivait Aïcha, femme enfant ployée sous la charge. Le sol était dur à ses pieds nus, et la soif ardente. Mais Aïcha poursuivait sa route.

Les pierres du chemin. Celles d'Aïcha, les miennes… Fatiha signifie en arabe : « Qui surmonte les difficultés. »

Les pierres du chemin. Il y avait les cours du soir, ces milliers de pages de droit que j'ai dû lire, tous ces examens qu'il fallait préparer après que les enfants étaient au lit, nourris et lavés, la vaisselle faite, l'aspirateur passé. Il y avait le manque de sommeil qu'il fallait ignorer – ne jamais se plaindre, car l'écho aurait répondu à mes plaintes : tu as quitté la place que Dieu t'a donnée, tu paies pour ce que tu as fait.

Il y avait aussi les humiliations, les affronts.

« Elle touche combien au passage, la bougnoule ? » demandait le cadre d'une entreprise où j'avais reçu pour mission de lancer un appel d'offre ; une phrase qu'on m'a répétée, que j'ai négligée. Une parmi d'autres.

« Si vous voulez faire carrière, changez de prénom », m'avait averti un employeur compréhensif. Je suis donc devenu Katia le temps que mon prénom de bougnoule fasse son chemin, lui aussi. Contourner la pierre qui blesse, attaquer la montagne sur sa moindre pente… Renoncer pour mieux vaincre. Accepter la tâche confiée même lorsqu'elle était en dessous de mes diplômes ou plutôt feindre de l'accepter pour mieux la refuser plus tard, en apportant les preuves qu'elle n'était pas à ma mesure, même femme, même mère de famille, même arabe.

Négliger l'humiliation, placer son courage ailleurs. Dans l'occasion qu'il ne faut pas laisser passer. Dans le non prononcé au bon moment, dans une démission – de mon premier emploi, celui d'ouvrière dans une imprimerie.

Dans la main tendue attrapée au passage – ce poste d'attachée de direction qu'on m'a proposé chez Bull, en 1982. Dans le risque de décevoir qu'on accepte de prendre.

Sur la pente de cette montagne que j'ai gravie, il y avait des pierres, mais aussi le vent de la liberté, le sentiment grisant d'avoir infléchi le destin, à chaque tournant du chemin, à chaque nouveau paysage découvert, de plus en plus loin du 100, rue des Grands-Chênes. Obtenir une licence en droit, obtenir un master spécialisé en ingénierie des affaires à l'École polytechnique féminine, obtenir un poste de chargée de communication dans une grosse entreprise, s'exprimer devant mille personnes, défendre devant des ministres, des députés mes engagements pour l'insertion professionnelle des jeunes… Et être écoutée. Gravir une montagne est une succession infinie de gestes dérisoires. Ces gestes, je veux leur donner un sens en les dédiant à toutes les Aïcha, à toutes les Djamila de la terre.

En cela, ma plus grande réussite est ce livre. Un

jour, il y a longtemps, j'ai coupé les liens qui me retenaient à mon passé. Par ce livre, je renoue moi-même les liens que j'avais défaits. Les liens de l'oppression sont devenus les liens de l'amour. Une transformation qui ne peut se faire que dans la liberté.

## Remerciements

Je remercie Nacim et Lamia ; sans leur précieuse présence, aurais-je eu le courage d'aller au bout de ce livre ? Je souhaite qu'il les aide à mieux comprendre leur propre histoire. Et à croire en l'avenir, eux et leurs cousins Nassia, Samia, Saïdi, Louisa, Daniza, Tania, Rayan, Lénis, Yassin, Sara, Inès et Deren.

Une pensée affectueuse pour mes sœurs et frères, qui ont partagé mon enfance, ses larmes et ses rires : Djamel, Hakim, Farida, Hafid, Salhia, Hanifa.

À Karim qui nous a quittés trop tôt.

Je remercie Anne-Marie Revcolevschi, Dominique Missika, Nicole Lattès et Christel Mouchard, qui m'ont aidée à libérer les images et les souvenirs.

Je remercie tous ceux qui me font confiance et qui se reconnaîtront.

Cet ouvrage a été imprimé en France par

CPI
Bussière

à Saint-Amand-Montrond (Cher)
pour le compte des Éditions Robert Laffont
en février 2009

Composition Interligne
Loncin

N° d'édition : 49319/01. — N° d'impression : 090418/1.
Dépôt légal : février 2009.